U0775425

约翰·克利斯朵夫

〔法〕罗曼·罗兰 / 著
王晓敏 / 编译

图书在版编目（CIP）数据

约翰·克利斯朵夫 /（法）罗曼·罗兰著；王晓敏编译. -- 北京：海豚出版社，2025.6. --（诺贝尔文学奖作品精选）. -- ISBN 978-7-5110-7331-0

Ⅰ. I565.44

中国国家版本馆CIP数据核字第2025S15B88号

约翰·克利斯朵夫

（法）罗曼·罗兰 著　王晓敏 编译

出 版 人	王　磊
责任编辑	肖惠蕾　王　婵
文字编辑	台文娟
特约编辑	许秋玲
封面设计	宋双成　蒋　飞
责任印制	蔡　丽
法律顾问	北京市君泽君律师事务所　马慧娟　刘爱珍
出　　版	海豚出版社
地　　址	北京市西城区百万庄大街24号
邮　　编	100037
电　　话	010-68325006（销售）　010-68996147（总编室）
印　　刷	天津泰宇印务有限公司
经　　销	全国新华书店及各大网络书店
开　　本	710 mm×1000 mm　1/16
印　　张	11
字　　数	125千
版　　次	2025年6月第1版　2025年6月第1次印刷
标准书号	ISBN 978-7-5110-7331-0
定　　价	39.80元

版权所有，侵权必究

如有缺页、倒页、脱页等印装质量问题，请拨打服务热线：0874-3367718

开篇语

　　《约翰·克利斯朵夫》是诺贝尔文学奖获得者罗曼·罗兰的代表作之一,在世界文学殿堂中占有重要的位置。阅读本书,我们可以看到变幻莫测的世界风云、品味人情冷暖,也能徜徉在优美细腻的语言和罗曼·罗兰的绝妙思辨之中。

　　人生路漫漫,我们会遇到很多挫折和困难。每个人都会有脆弱和迷茫的时刻,当我们面对困境时,如果能有一盏灯照亮前方的道路,激励我们坚持真理,为理想和信念而战,勇敢地走过黑暗,那就最好不过了。《约翰·克利斯朵夫》就是这样一盏灯。

　　本书是对长达一百多万字的《约翰·克利斯朵夫》的提炼和缩写。阅读这本书,可以开阔我们的心胸、拓展我们的思维,得到心灵的成长。

　　本书的主角约翰·克利斯朵夫出身于音乐世家,他的祖父和父亲都从事着与音乐相关的工作。在那个时代,能天天与音乐打交道的家庭,自然不会是困顿拮据的,但克利斯朵夫一家的生活却让人唏嘘不已。克利斯朵夫有一个不负责任的酒鬼父亲,一个善良却懦弱的母亲,

还有两个白眼儿狼似的弟弟，家庭中唯一能让他感到温暖的只有祖父。在人物设定上，作者似乎一心只想让克利斯朵夫"受苦"，文章开篇也已经点明："因为这痛苦永远不会离开孩子的身体。孩子似乎有所察觉，那就是等待他一生的坎坷命运，因此无论如何，他也要哭个痛快。"但作者所要展现的精神内核真的只是受苦吗？本书从约翰·克利斯朵夫呱呱坠地的那一刻开始讲述，以最终白发苍苍死于病榻作为结局。当你陪伴克利斯朵夫一步步走过他的人生之路，你会发现，他所遭遇过的困境、所受的不公平待遇、难以处理的人际关系……都莫名地有种熟悉感，这种熟悉感并不是文本带给你的，而是来自真实的生活经历。或许在某个瞬间，你我都曾经历过这样的时刻，这些时刻在你阅读此书时，会无数次地浮现在脑海中，这便是本书的精妙之处——看似在叙述克利斯朵夫的故事，实际上却反映了每个普通人的一生。

克利斯朵夫虽然只是个虚拟的人物，但又无比真实。我们和克利斯朵夫生在不同的时代，有着不同的人生，他却能贴近我们，如同我们最亲密的朋友，只因他遇到的问题是如此真实，他的欢乐、忧愁、犹豫、惆怅和我们彼此相通。阅读本书，可以让正在形成"三观"的青少年在潜移默化中被克利斯朵夫的正直、顽强影响，懂得分辨是非，坚持真理、追求理想。

康德说过，世界上有两样东西能够深深地震撼人们的心灵：一个是头顶上灿烂的星空；另一个是心中崇高的道德准则。阅读本书的过程，是让人思索、自省的过程。《约翰·克利斯朵夫》这本书告诉我们，坚持崇高道德准则的人生才是更自由的人生。

有时，部分青少年读物由于内容简单、登场人物脸谱化，不利于青少年在阅读中进行思考。但青少年已经初步掌握了思辨能力，应当从人物众多、线索复杂的世界名著中获取更多的知识与道理。本书是一个很好的选择，它不仅符合青少年的阅读需求，还把他们当作可以交流的朋友、倾诉的对象，而不是俯身去看的"小孩"。书中人物栩栩如生：克利斯朵夫、路易莎、奥里维、安东内特……他们如同老朋友般陪伴着读者。阅读的过程就是快乐游历、与朋友交心的过程。

当你从"房子后面传来潺潺的河水声，与雨声交融在一起……"这样优美而充满想象空间的描写开始阅读本书，到"我是即将到来的日子"这样富有思辨色彩的表达结束这本书的阅读，绝对会是一段美妙的心灵旅程。

很多人在中年之后谈及对自己影响最深的作品时，都会提到《约翰·克利斯朵夫》。这本书为很多人提供了不断前行的力量，希望这种力量也能一直伴随着正要开始阅读此书的你。

目录 Contents

黎　明／001

清　晨／040

少　年／059

反　抗／071

市　场／098

安东内特／110

楼　里／119

燃烧的荆棘／134

复　活／149

黎　明

　　房子后面传来潺潺的河水声,与雨声交融在一起。已经一整天了,雨水不断地击打在窗户玻璃上,如小溪般顺着玻璃缝隙流下,昏黄的天空逐渐暗淡,房间内的气氛昏暗而沉闷。

　　刚刚出生的婴儿不停地在摇篮里扭来扭去。这时,一个老人走了进来,他在进屋前就将自己的靴子脱了下来,尽管如此,老人的脚步依然让地板咯吱作响。婴儿被老人的脚步声吵到,开始哼唧起来,母亲从床上探出身来安慰他。老人摸索着点亮灯,这样婴儿醒来的时候就不会被黑暗吓到了。灯火照亮了老约翰·米希尔的红脸,以及他粗犷的白胡子和敏锐的双眼。他披着湿漉漉的斗篷,踩着蓝色的大拖鞋,就这么走近摇篮。母亲怕孩子沾到老人身上的潮气,便示意他不要走得太近。这位母亲皮肤白皙,浅黄色的头发,眼珠湛蓝,瞳孔虽然很小,却十分温柔。

　　尚未清醒的大脑面对这突如其来的灯光、身前的巨大影子,以及从影子之中射出来的耀眼光线让婴儿敏感的神经顿时感到十分痛苦——他从那个俯视着他的巨大面孔中看到了眼睛,那目光就像是能够穿透他的身体直达他的心灵,但是他实在不能理解那样的眼神代表着什么。

他没有力气呼喊，恐惧使他一动不动，只有眼睛睁得大大的，喉咙里咯咯作响。婴儿的脑袋似乎肿了，那大脑袋上是一张怪诞可悲的脸，他的脸和手呈现出棕中带紫的肤色，上面还有黄色的斑点……

"天啊，"老人说，"他可真丑！"他一边说，一边把灯放在桌子上。

路易莎噘起了嘴，像个挨了骂的孩子。老约翰·米希尔用眼角看着她，笑了。

"你想让我夸他吗？那不可能，哈哈，不过初生的婴儿确实就是这样啊。"

母亲抱起孩子，轻轻安抚着他，老人看着这一幕，突然发问：

"你丈夫为什么不在这里？"

"我想他在剧院，"路易莎胆怯地说，"他说有一场彩排。"

"剧院关门了，我刚刚路过那里，他骗你呢。"

"不，不要总是责怪他，那就是我听错了。他也许是在学生家上课呢。"

"那他也该回来了吧。"老人不满地说。他犹豫了一会儿，然后略带羞愧地低声问道：

"他是不是……又出去浪荡了？"

"不，父亲，没那回事。"路易莎急忙说。

老人看着她，她避开了他的目光。

"你也在撒谎。"

这位母亲默默落泪了。

"啊！"老人愤怒地踢了一脚壁炉，"我做了什么缺德事，才有了这么个酒鬼儿子？我省吃俭用攒下的家业啊！你也是，你，你就不能做点儿什么来阻止这一切吗？天哪！这本是你该做的事啊！你应该把他留在家里！"

路易莎哭得更厉害了："我已经尽力了，父亲！如果您知道我一个人的时候有多害怕！我似乎总是能听到他上楼梯的脚步声，然后我等他打开门，心里想：哦，上帝！他现在是不是又喝得酩酊大醉了？我真无法想下去了……"

她抽泣得浑身发抖，老人也无计可施，只好拿起床单，披在她颤抖的肩膀上，安慰她，让她冷静下来。

他们没有再说什么。坐在炉边的老约翰·米希尔和躺在床上的路易莎都在悲伤地想着自己的事。路易莎心里清楚，尽管老人安慰了她，但他对儿子的婚姻仍然满是埋怨，路易莎也在不断地责备自己，尽管她没有什么可被责备的地方。

她，一个在厨房里帮忙的女仆，嫁给了老约翰·米希尔的儿子曼希沃·克拉夫脱，这让所有人都大吃一惊，她自己也感到惊讶。克拉夫脱一家说不上有钱，但在这位老人定居了半个世纪的莱茵河小镇上，他们是相当受尊敬的人。父子俩都是音乐家，从科隆到曼海姆，这一带所有的音乐家都知道他们。曼希沃在宫廷剧院拉小提琴，老约翰·米希尔曾是大公爵的乐队指挥。老人对他儿子的婚姻深感羞辱，因为他原本对曼希沃寄予厚望，希望儿子能成为自己未能成为的杰出人物，而这个笨蛋摧毁了他所有的期待。起初，他怒气冲冲，对曼希沃和路易莎咒骂不已。但是，作为一个善良的人，当他了解了儿媳的品行后，他原谅了她。他甚至对她产生了一种父爱，不过他总是用责备和抱怨的方式表现出来。

没有人知道是什么驱使曼希沃选择了这样一段婚姻——当然不是因为路易莎的美貌，她身材娇小，脸色苍白，安静又怯懦，与曼希沃和老约翰·米希尔形成了鲜明的对比。曼希沃和老约翰·米希尔都是红脸的巨人，他们笨手笨脚，喜好吃喝，爱大笑，爱吵闹。而路易莎呢，没有人注意到她，她似乎也不想引起哪怕是那么一点点的关注。如果曼希沃是个善良的人，他会喜欢路易莎单纯善良的性格，但他是个虚荣的人，又生得英俊，他不该挑选这样一位妻子，而应该追求一位富家女，攀一门好亲事。

但是曼希沃是那种与人们的期望背道而驰的人。这并不是说他没有受到警告——俗话说，一个受到警告还不愿意改正的人，是双倍愚蠢的。他自称自己所有的选择都是正确的，但他还是准确无误地把船驶向了某个错误的地点。曼希沃一心想要谋划一份好前程，却娶了一位厨娘。在结婚的那天，他既没有喝醉，也没有任何激情，他脑海里什么都没有。

他是在某天黄昏时遇到的路易莎，那时她坐在芦苇丛里，回头看了他一眼，她那怯生生的目光让他沦陷了，那种力量堪比魔法。然而，结婚之后，他却立刻从这魔法中清醒了过来。可怜的路易莎谦卑地请求他的原谅，他却毫不掩饰自己的失望和懊悔。他不是一个坏人，心甘情愿地原谅了她，但是，当他和朋友们在一起，或者给富有的女学生上音乐课时,他们对他的态度变了,变得傲慢和轻蔑,再也没有富家女多看他一眼了,这让他悔恨万分。于是他开始寻求最常见的排解的方式——以酒解忧。对路易莎来说,丈夫不仅不回家,还在外面消耗钱财,正是奋进的年龄,却如此庸碌无为,而这全都是因为她。怎么不让人心焦呢?

对于那股金发小女仆眼中让曼希沃沦陷的神秘力量来说,他个人的命运有什么关系呢?他做完了他该做的事,将小克利斯朵夫带到了这个世界。

夜幕降临了。老约翰看过了孙子和儿媳,回家去了。

路易莎身边的孩子又动了起来。一种不为人知的悲伤从他的内心深处浮现出来,他扭动身体、紧握拳头、皱着眉头,他感到痛苦,开始悲哀地哭了起来。路易莎温柔地抚摩着他,想要减轻他的痛苦,但他仍在哭泣,因为他觉得那痛苦还在附近,还在他心里。一个受苦的大人若是知道痛苦从何而来,那痛苦就可以减轻。他们可以通过思考,将痛苦变作身体中的一部分,然后治愈,又或者直接将痛苦与自己的身体分离开。孩子没有这样自欺欺人的办法,他与苦难的第一次相遇更悲惨,也更真实。这份痛苦是无穷无尽的,似乎就在自己的怀里,在自己的心里,好像它才是身体的主人。当然也许这就是事实,因为这痛苦永远不会离开孩子的身体。

孩子似乎有所察觉,那就是等待他一生的坎坷命运,因此无论如何,他也要哭个痛快。

圣·马丁教堂的钟声在夜里响起,那声音低沉而缓慢,穿过潮湿的空气，发出如同在苔藓上行走时的脚步声。孩子听着这美妙的音乐抽泣着，这音乐就像一股牛奶的洪流，甜蜜地涌过他的全身。他的痛苦消失了，他最终舒了一口气，然后进入了梦乡。

在雨点的敲打声中，路易莎也陷入了沉眠。

这段时间，老约翰·米希尔一直在屋外站着，他淋着雨，胡须被薄雾弄湿了。他在等他儿子回来，想好好责骂他一顿。虽然他不相信他真的去酗酒了，但见到他时还是一定要教训他。他就这样站在外面等着，等了很久，等到钟声都敲响了，他终于感到希望破灭了，他哭了。

时间就如同流水一般淙淙向前流淌，而岁月在昼夜交替间循环起伏，太阳升起又落下，日子就这么一天天过去了。

雨季过去了，阳光洒满了森林。克利斯朵夫开始在迷宫般的世界中探寻自己的道路。

现在是早上，他的父母还在沉睡，他仰卧在自己的小床上，看着天花板上舞动的光线，仿佛那里面有着无穷的乐趣，于是他咯咯地笑了起来，吵醒了母亲，母亲用一根手指放在嘴唇上警告他，以免他吵醒他的父亲，小克利斯朵夫终于消停了一会儿。屋顶上的风向标吱吱转动，雨水管咯咯作响，当风从东方吹来，河对岸村庄遥远的钟声响起，在常春藤覆盖的墙壁上，麻雀发出叽叽喳喳的声音，一只鸽子在烟囱顶上咕咕叫着。孩子沉浸在这些声音编织的乐曲中，轻柔地哼唱着，然后声音越来越大，直到他的父亲恼火地喊道："你这头小毛驴永远也不会安静下来！快安静点儿，否则我就要扯你的耳朵了！"

然后，克利斯朵夫把自己埋在被子里，开始模仿起驴的叫声，直到被父亲揪出来打了一顿，唉，他总是因为淘气被打。

同祖父去教堂的时候，他也很无聊，除了管风琴的声音，他不知道教堂里有什么好玩儿的。管风琴的声音仿佛会发光、仿佛是旋涡、仿佛有力量，能让他飞起来，那是他唯一印象深刻的东西。

在家里，他坐在地上，双手托着脚。他想象着门垫是一条船，瓷砖地板是一条河，因此他刚刚走下门垫的时候，差点儿就被淹死了。但其他人都没有注意到这件事，这让他既惊讶又有点儿恼火。他抓住母亲的裙子，要求她按照自己的想法走过去，不过母亲根本没听他的话，这让他更恼火。

但下一刻，他就不再想这件事了，他躺在瓷砖上面，全身伸展，一边吮吸着大拇指，一边流着口水哼着自己新作的曲子。雷声响了起来，但克利斯朵夫完全没听见。没有人为他操心，他也不需要操心任何人。因为他已经沉浸在了自己的世界里，直到他们粗暴地把他拎起来为止。

他有时会想跑出去玩，刚开始家里人总是忙着把他拎回来，久而久之就放他自由了。

祖父常常在傍晚带他散步，这时，男孩便会拉着老人的手，跟在他身边小跑，而老人则会一边咳嗽，一边给他讲故事。他喜欢讲跟自己生活经历有关的故事，或者古今伟人的故事。他常常谈到雷古勒斯和阿米纽斯，谈到吕佐夫的士兵，谈到试图杀死拿破仑皇帝的弗雷德里克·斯塔布斯。当祖父讲起那些令人难以置信的英雄的事迹时，他会兴奋得脸颊通红。

祖孙两人都喜欢一次又一次地重温拿破仑夺取欧洲的传奇故事，克利斯朵夫的祖父曾经在与拿破仑敌对的军队中服役，但他仍然认可拿破仑的伟大。他说如果拿破仑能够出生在莱茵河的这一边，他将心甘情愿地为他献出一只胳膊。可命运另有安排，他钦佩他，但必须对抗他——他们曾经差点儿交手，但己方的队伍不战自溃，祖父也就错过了这场历史性的战斗。

天气炎热的时候，祖父常常坐在树下打瞌睡。克利斯朵夫会坐在他身边，或是坐在一堆松散的石块上，或者坐在界石上，又或者坐在某个不舒服又古怪的高处。他常常晃着小腿，自顾自地哼着歌。有时他会仰躺着看飘过的云，它们看起来像牛、巨人、帽子、老太太或者什么辽阔的风景。他常常低声跟它们说话，或者全神贯注地注视着一朵即将被大云吞噬的小云。他害怕那些非常黑的云，也害怕那些走得很快的云。在他看来，云似乎在生活中扮演着重要的角色，令他惊讶的是，他的祖父和母亲都没有注意到它们。如果这些黑云想做坏事，那它们一定会成为可怕的怪物。幸运的是，它们只是路过，从来没有停下来过。他望得太久，以至于头晕眼花。树叶在阳光下微微颤抖，空气中飘过一层淡淡的薄雾，苍蝇在周围盘旋，像风琴一样轰鸣；蟋蟀好像喝醉了，正在急促地鸣叫；树荫下啄木鸟的叫声仿佛充满魔力。

远处的平原上，农夫正长篇大论地聊着他的牛，白色的路面上响起了马蹄声。克利斯朵夫闭上了眼睛。在他附近，一只蚂蚁正向着犁沟进发……仿佛过了几个世纪，男孩醒了过来，可是那只蚂蚁还没爬过去。

有时他们在回程的路上，会遇到一位马车夫，这位车夫多半认识老人，便请他们上车，载他们一段路。马跑得飞快，男孩开心不已。等他们到家的时候，天已经黑了。

家是躲避一切可怕事物的避难所——阴影、黑夜、恐惧、未知的事物，任何敌人都不能越过家的门槛。烤得金黄的鸭子慢慢地在铁串上转动，火舌舔舐着焦酥的表皮，不时流下琥珀色的油滴。房间里弥漫着一股混合着脂肪和酥肉的香味。这样丰盛的一顿晚餐，可以驱散一整天的疲惫，让人懒洋洋地沉醉其中，全身心都只顾着享受此刻的幸福。

他躺在柔软的小床上，轻松又疲惫的感觉让他的心飘飘然，他多么开心啊，就像是做了一场美梦，梦中有一口奔腾而出的清泉，一笔取之不尽的希望的宝藏，一声笑，一首歌，无尽的醉意。现实生活还没有追上他，他在希望中游泳。他多么快乐啊！他生来就是要快乐的！他相信幸福，他全心全意地认定自己能够追逐到幸福。

但人生很快就会教他屈服。

克拉夫脱家族来自比利时的安特卫普。老约翰·米希尔大约五十年前，来到这个小镇并定居了下来。小镇坐落在一座平缓的山坡上，这里的房屋有着红色的尖顶，花园中的绿意遮天蔽日，十分阴凉，淡绿色的莱茵河如同一只漂亮又巨大的绿色眼睛，将这一切都尽收眼底。

作为一名优秀的音乐家,他很容易就在这个热爱音乐的国度获得了赏识。四十年前,他娶了这里乐队指挥的女儿克拉拉,并接管了岳父的事业,从而在这里扎下了根。克拉拉是一位沉稳的德国女性,她有两大爱好——烹饪和音乐。她对丈夫的敬重仅次于她对父亲的敬重,老约翰·米希尔对她也是如此,因而他们和睦相处了十五年,育有四个孩子。克拉拉去世时,老约翰·米希尔心痛不已。五个月后,他再婚了,这个妻子为他生了七个孩子,可结婚八年后她也去世了。他一共有过十一个孩子,但只有一个活了下来。

他性格坚强又暴烈,不但不屈服于命运,而且还加倍挑战它。他爱好美食和美酒,工作时绝不给别人面子,他曾经因此得罪过不少音乐家。有一天,他大发雷霆,几乎导致整个管弦乐队罢工,于是他递交了辞呈。他希望他的上司考虑到他多年的辛苦而挽留他,但事与愿违。他心碎地离开了,认为这些贵族都是忘恩负义的家伙。

从那时起,他就不知道该如何打发时间了。他已经七十多岁了,但仍然精力充沛,从早到晚地在镇上干活儿、上课、讨论问题,什么都参加。他很聪明,总能找到各种各样的办法让自己忙碌起来。

后来,老约翰·米希尔把自己所有的雄心壮志都寄托在了儿子身上。起初,曼希沃也有着远大的抱负。从孩提时代起,他就表现出极高的音乐天赋。他很快就精通了小提琴这门技艺,并成为一名小提琴高手,在很长一段时间里,他都是宫廷音乐会上最受欢迎的音乐家,甚至是偶像。钢琴和其他乐器他也弹得不错,而且他健谈又仪表堂堂,虽然魁梧了些,但这正是德国人喜欢的古典男子汉形象,就像朱庇特一般有力。老约翰·米希尔为自己的儿子感到骄傲,一心希望他能继续向上攀爬。

可惜曼希沃有几分疯狂,这也许源于酒神巴克斯的恩赐,但不管怎么说,在他荒谬的婚姻之后——在世人眼中是荒谬的,因此在他自己看来也是荒谬的——他越来越颓唐。他对自己的天赋太过自信,以至于忽视了练习,因此小提琴很快就生疏了。其他音乐家超越了他,受到了大家的追捧,他认为那都是小人在背后使绊子的缘故,他觉得自己受到了迫害,摆出一副被误解的天才的架子。多亏了人们对老约翰·米希尔的尊敬,他才能保住管弦乐队中小提琴手的位置,但渐渐地,他失去了镇上所有的学生。如果说这件事对他的虚荣心打击很大,那么对他钱包的影响就更大了。近几年来,他家的收入越来越少,但曼希沃仍然花钱大手大脚,沉迷享受。

曼希沃不是坏人,但他也没什么担当。小克利斯朵夫懂事的时候,正是家里最困难的时候,他不再是独生子了,家里几乎每年新添一个孩子,但都不幸夭折,最终只留下两个弟弟,一个三岁,一个四岁。曼希沃从不管孩子,因此路易莎不得不在外出时,把他们留给六岁的克利斯朵夫照看。

克利斯朵夫不得不竭力照顾两个小弟弟,尽量逗他们开心,和他们说话,模仿妈妈和婴儿说话时的语气。或者,他会轮流抱一抱他们,就像他看到的妈妈做过的那样。他累得弯下了腰,但依然咬紧牙关,竭尽全力把小弟弟抱在怀里,以免他们摔倒。孩子们总想被人抱着,克利斯朵夫抱不动时,他们就哭个不停。两个弟弟有时候会非常淘气，他们会趁着克利斯朵夫不注意的时候翻箱倒柜，砸坏盘子，或者是将自己全身弄得脏兮兮的。有时他气得想打他们一顿，但他们太小了，他只能看着他们捣乱，把房间搞得一团糟。

当路易莎回来的时候，看着满地狼藉，她非但没有表扬克利斯朵夫，反而愁眉苦脸地说道："孩子，你真不聪明。"

克利斯朵夫感到非常委屈。

路易莎从不放过任何挣钱的机会，她常常外出做厨娘，每当镇上有人家举办婚礼或洗礼时，她就会去帮忙。曼希沃假装对此一无所知，他并不因为她这样做而生气，他只要假装不知道就行。克利斯朵夫至今还不知道生活的艰辛，除了父母，他不知道还有什么别的束缚，当他第一次意识到人世间有指挥的人和被指挥的人，而他并不是前者时，他整个人都感到了震惊，这是他生命中第一次遭受苦难。

事情发生在一天下午，母亲给他穿上了他最干净的衣服，那是人家送的旧衣服，路易莎心灵手巧，将它改过后便给了克利斯朵夫。按照约定，他要到路易莎工作的那座房子里去找她，他一想到要一个人进去就会感到难为情。果不其然，那里的男仆拦住了他，问他找谁，克利斯朵夫低声说他是来看克拉夫脱夫人的——这称呼是别人告诉他的。

"克拉夫脱夫人？"男仆讽刺地强调了"夫人"这个词，而后才说，"你母亲吗？去那边，你在走廊尽头的厨房里能找到路易莎。"

他脸色通红地走了，听到别人直呼母亲的名字，他感到羞愧。他本想逃到河边，跑到他过去常常给自己讲故事的灌木丛庇护所里。

在厨房里，他碰见了其他几个仆人，他们大声呼喊着向他打招呼。在后面靠近火炉的地方，他的母亲带着温柔又有点儿不好意思的微笑看着他。他跑向她，紧紧抓住她的裙子，偷偷地观察周围的一切。他的母亲看起来很忙，她的职位很重要，需要品尝每只平底锅里食物的味道，然后发表意见，讲述各种烹饪诀窍，其他厨师只能恭敬地听着。当他看到母亲在这漂亮而奢华、到处摆满耀目铜器的地方如此举足轻重时，他内心很是自豪。

门突然开了，一位女士走了进来，带着怀疑的目光四处巡视。她不再年轻，但仍穿着一件轻薄的宽袖连衣裙。她似乎很怕弄脏了衣服，小心翼翼地过来尝了尝汤，她跟路易莎说话时的态度是多么冷淡而严厉啊！路易莎回应的态度又是多么谦逊！克利斯朵夫想躲起来，但母亲把他拉了出来。起初这位太太给了他一个慈祥的微笑，但马上又恢复了居高临下的姿态，问他品行、宗教和功课如何，又问他衣服是否合身，路易莎急切地称赞了克利斯朵夫这身衣服，然后十分谦卑地道谢。他不明白，为什么他的母亲要感谢那位夫人。

这位女士拉着他的手说她要带他去见她自己的孩子。克利斯朵夫绝望地看了母亲一眼，但母亲却对女主人露出了热切的微笑，克利斯朵夫知道母亲是没什么可指望的了，于是他就像一只被牵到屠宰场的羊羔一样跟着他的向导……

花园里有两个年纪与克利斯朵夫差不多的孩子正在玩耍，一个男孩，一个女孩，他们似乎玩得不太开心。克利斯朵夫来了之后，他们

便立刻转移了注意力,那个小男孩在克利斯朵夫面前停住不动,摸着他的外套说:

"喂!那是我的!"

克利斯朵夫不明白这是怎么回事,他使劲地摇头,否认了这一说法。

"这就是我的。"男孩说,"这是我的蓝色旧马甲,上面有个污点。"

两个孩子很容易就从克利斯朵夫的旧衣服,以及打了补丁的鞋子上得知他是什么阶级,他们嘲笑他、戏弄他,看出他那不太合身的衣服不方便跑跳,便要他去跳栏杆。当克利斯朵夫好不容易跳过去后,他们又把栏杆加高,他不跳的话,他们俩就拼命地讥讽他。

克利斯朵夫不得不试了一次又一次,直到摔倒,衣衫裤子都被栏杆撕破了,还差点儿摔破了头,双手也破了,这让他羞愧难当,而那两个孩子却高兴得在一旁跳舞,又过来踢他,将他的头按在土里。克利斯朵夫终于受不了了,他给了女孩一耳光,又给了男孩一拳,奋力地推开了他们。

孩子们尖叫着跑进房里,门砰的一声关上了,愤怒的喊叫声马上传了过来,那位太太怒不可遏,滔滔不绝地指责克利斯朵夫,又把路易莎喊了过来。路易莎没有为他辩护,而是开始责骂他——尽管她什么都不知道——她拉着克利斯朵夫的手走到女士和孩子们跟前,要他跪下给他们道歉。

克利斯朵夫咆哮着,咬了母亲的手,然后在仆人们的哄笑声中逃走了。

他逃回家,在黑黝黝的阁楼上放声大哭,直到路易莎回来,父母合力痛打了他一顿。他们知道克利斯朵夫受了委屈,知道是有钱人仗势欺人,他们俩甚至吵了起来,却还是不妨碍他们痛打他这一顿。

等到克利斯朵夫挨过打,流干了眼泪,他在幻觉中看到了刚刚的景象,尤其是那个小女孩,她有着明亮的眼睛和向上翘起的小鼻子,头发垂到肩上,光着腿,说话的方式很孩子气,装腔作势。他浑身发抖,好像听到了她的声音,他对她怀有一种野蛮的仇恨。他一心想要羞辱她,让她哭泣。他想方设法要报复回来,可是又毫无办法,她完全不在乎他。为了安慰自己,他假设自己变成了一个有权有势的人,她爱上了他,因爱而垂死挣扎,他却抛弃了她。当他从她家门前经过时,她躲在窗帘后面看着他,他知道她在看他,但他假装没注意,愉快地与别人说着话,甚至还为了让她更加伤心而离开这个国家,去远方冒险。他在幻想中加入了从他祖父的英雄故事中挑选出来的片段,让她悲痛欲绝。

女孩的母亲,那位骄傲的女士来乞求他:"我可怜的孩子快要死了。求求你来看看她!"

他去了,她躺在床上,脸色苍白,脸颊凹陷。她向他伸出双臂,说不出话来,只是不断哭泣着亲吻他的手。然后,他十分慈悲地宽恕了她,还拉住她的手,让她好好养病,允许她爱他,他一遍遍地在心中编造着这些故事,想象着自己将怎么说话,直到最后困意征服了他。

当他睁开眼睛的时候,又是新的一天了,这个白天不再像以前那样明亮，克利斯朵夫现在知道了人间的不公。

困苦的日子越来越漫长，他的父亲不在乎，也没注意到，反正他总是第一个伸手取食物的，他快活地吃喝，不顾妻子凄凉的目光。

路易莎为孩子们分土豆，每人两个。当轮到克利斯朵夫时，盘子里只剩下三个了，而他的母亲还没拿土豆呢。他事先就知道会这样，然后他鼓起勇气，漫不经心地说：

"只要一个，妈妈。"

她有些吃惊，"每人都吃两个。"

"不，我不饿。"

但她也只拿了一个。他们小心翼翼地剥掉皮，把它们切成小块，尽量慢慢地吃，最后一个土豆总是会被推来推去，有一次他的父亲毫不客气地把最后一个土豆据为己有。在那之后，克利斯朵夫不得不拿两个土豆放在自己盘子里，自己吃一个，留一个给弟弟。弟弟们正是长身体的时候，总是很饿。

克利斯朵夫很讨厌他的父亲，因为他没有想过他们，甚至连做梦也想不到他在吃他们的那份！他太饿了，他恨他的父亲，但他没权利说出口，因为他还不能自己谋生。他父亲赚的钱足够养活自己，而作为孩子，他一无是处，是个负担，没有说话的权利。等他赚了钱就能开口了，唉，在那之前他可不能饿死。

路易莎能察觉到儿子是为了让弟弟和她多吃一口而挨饿，她从小也总是这样挨饿，可是她又有什么办法？食物总是不够的，除了忍饥挨饿，抱怨再多也是没用的。但她还是十分难受，因此总是无可奈何地抱着儿子，悄悄哭泣，一句话也不说，但他们彼此都明白。

曼希沃酗酒并不算过分，他喝过酒之后不会大吵大嚷，只会傻乎乎地笑，手舞足蹈，丑态百出，胡乱打着拍子，在地上乱滚，用头撞家具。但是镇子上谁不知道他是这样的人呢？克利斯朵夫也因此在学校受到羞辱。某一天，克利斯朵夫摔倒了，校长说他似乎很想追随某位知名人士的脚步，所有的男孩都听懂了，哈哈大笑起来，他们中的一些人干脆戳穿这个暗示，绘声绘色地讲起克利斯朵夫父亲酗酒时的丑态。克利斯朵夫站起身来，羞愧得脸色发青，抓起他的墨水罐，竭尽全力朝离他最近的那个正在笑的男孩扔去。校长走过去，打了他一顿。

他回家后，脸色苍白，怒气冲冲，冷淡地宣布他不再上学了。家里无人在乎，第二天早上，当母亲提醒他该去上学时，他坚定地回答说，他再也不去学校了。

路易莎乞求、尖叫、威胁，都没有用，曼希沃痛打了他一顿，也没用。他们让他至少说出原因，他咬紧牙关不说。曼希沃抓住他，把他带去学校，交给老师。老师让他坐在座位上，克利斯朵夫便开始有条不紊地打破一切触手可及的东西——他的墨水瓶、钢笔，他明目张胆地撕毁他的抄写本和课本，眼神挑衅地盯着校长。他们把他关进黑屋子里想让他反省，而他却拿出手帕，绑在自己的脖子上，想努力勒死自己。

于是，克利斯朵夫被送回了家。

克利斯朵夫拥有强壮的身体，就如同他的祖父与父亲那样，因此他不害怕疾病，然而，他害怕各种各样的其他事情，害怕潜伏在黑暗中的神秘事物，那些可怕的怪物萦绕在他的脑海里，一睁眼就能看到。他害怕阁楼的门，它面朝楼梯，几乎总是半开着的。当他必须经过它的时候，他感到自己的心在怦怦直跳，总觉得背后有什么东西。他还害怕外面的黑夜。某次看到母亲收藏起来的他那些夭折的兄弟的遗物时，他又开始惧怕死亡。

但就在这黑漆漆的阴暗中，在这一个个令人窒息的夜晚，有一颗流星突然从黑暗中冲了出来，它闪耀着全身的光芒坠入了克利斯朵夫的灵魂深处，它是即将照亮自己生命的光芒——那就是神圣的音乐。

他的祖父给了孩子们一架旧钢琴——一个主顾急于把它扔掉，要他帮忙拿走。这份礼物并不是很受欢迎，路易莎觉得她的房间太小了，曼希沃说老约翰·米希尔拿来的只是柴火而已。只有克利斯朵夫对此感到高兴，在他看来，这就像一个魔盒，里面装满了奇妙的故事，就像《一千零一夜》中的那些故事一样——他的祖父有时会给他读这本书。他听到他父亲在钢琴到达那天试音时弹奏的乐声，那声音像雨后刮过一阵风，让潮湿的树枝上抖落下一滴水珠。他拍手喊道："再来一次！"但是曼希沃轻蔑地把钢琴合上，说它一文不值。克利斯朵夫并没有坚持，但在那之后，他总是在钢琴周围徘徊，一旦没有人靠近，他就会打开盖子，轻轻地按下一个琴键，就像他在用手指移动某个大昆虫的甲壳一样,他想把锁在里面的生物放出来。有时他会在匆忙中敲得太猛,他的母亲就会大叫:"你就不能安静点儿吗?不要去碰任何东西!"

现在,他最喜欢的就是他的母亲出去做工的日子。他听着她走下楼梯,出了门,渐渐走远,就连忙打开钢琴——他的肩膀刚好能够到琴键,这就够了。为什么他要等到孤身一人的时候?只要他不制造太大的噪声,就没有人会阻止他演奏,他对于在别人面前弹琴这件事感到难为情。克利斯朵夫屏住呼吸,当他把手指放在琴键上的时候,他听到了无数种声音,这声音像是盘旋在空中的钟声;像飞行时嗡嗡作响的昆虫。这声音似乎在呼唤他,想将他带到远方,等他到了足够远的地方,这声音又会沉入水中。

这一切是多么奇怪啊!它们就像幽灵一样。它们怎么会这么听话呢?它们怎么会被囚禁在这个旧箱子里呢?最棒的是当你把两个手指同时放在两个键上的时候,你永远无法确切预知即将发生什么,有时它们会发出刺耳的声音,如同在扭打吵架;有时却像在甜蜜地奉承你;有时那声音又相亲相爱,如同两个精灵拥抱在一起。

于是,克利斯朵夫在声音的森林中穿行,他感到周围有千军万马在等着他,并呼唤他过去,等着抚摩他或吞噬他……

有一天,曼希沃发现了他在胡乱弹琴。听到父亲那洪亮的嗓音,克利斯朵夫吓得跳了起来,以为自己做错了,于是迅速把手放在耳朵上,以躲避父亲的耳光。但是曼希沃并没有责备他,说来奇怪,他心情似乎很好,还笑了起来。

"你喜欢琴吗，孩子？"他亲切地问道，还拍了拍他的头，"你想让我教你弹吗？"

他们坐在琴边，当曼希沃弹琴时，那些琴键下可爱、美丽的精灵消失了，取而代之的是一群神情冷淡的士兵，他们听从指挥，按照队列行进。他的魔法森林消失了，然后他开始了学习。父亲对他学琴这件事十分耐心，他甚至翻来覆去地教他弹琴，从来不抱怨自己辛苦，他要求克利斯朵夫一遍遍地练习，而这一切都让克利斯朵夫感到有些吃惊，他甚至要以为父亲是爱他的了。

要是他知道父亲的脑海里冒出了什么念头，就不会有这种愚蠢的错觉了。

曼希沃一直认为自己的儿子不过是个乡下人，和他母亲一样无足轻重，但在看到他弹琴的时候，他又想，说不定他是个神童呢？说不定可以挖掘他身上的才华，带他四处表演，名利双收呢？他带着儿子到处参加邻居们的音乐聚会，回家吃过晚饭就要他练习钢琴。错了就骂，骂不过瘾了就打，那些美妙的音符再也不美妙了，它们变得枯燥乏味，克利斯朵夫的手指又酸又疼。他无意中听到父亲和其他人讲起他那伟大的计划——拿他当马戏团里的动物一样让人参观。之后，他就再也不想练琴了，他一心一意地把琴弹错，直到父亲发现了他的把戏。

"不，我不想弹琴了！"拳头落在他的身上，克利斯朵夫哭喊道，"我不喜欢音乐！我恨你！"

曼希沃没办法，他打了儿子一顿，把他从房间里推了出去，并说他应该一整天，或者整整一个月都不能吃东西，直到他把所有的练习都弹完。

克利斯朵夫发现自己被赶到了又黑又脏的楼梯上，冷风从破碎的玻璃窗吹进来，潮湿的墙壁都在滴水。他坐在油腻的台阶上，心脏因愤怒和激动而剧烈跳动。他低声咒骂他的父亲：

"我恨你，我恨你！噢，我希望你死了！"

他沉浸在痛苦中，幻想如果他现在跳楼，他的母亲会如何哭骂、指责他的父亲，他又能从中获得怎样的满足，可是这样幻想了许久后，他发现自己还是站在刚刚的那个脏乱的楼梯上，他将脑袋伸到窗户外面，发现外面简直高得可怕。他恐高，那黑黢黢的窗户下方的景象让他浑身发抖。这时，他不仅不想往下跳了，还赶紧离开了窗边，狠狠地往里缩回了身子，回到屋里的时候，他甚至打了一个冷战。他突然觉得自己就好似一个可怜的囚犯，被禁锢在牢笼里，尽管自己将脑袋狠狠地撞在笼子上，撞得头破血流，却依然逃不开这个笼子。

克利斯朵夫放声大哭起来，他的眼泪越流越多，几乎淌满了整个脸颊，他用小手将脸上的泪水统统抹去，直到脸颊渐渐发疼。等哭声渐弱时，克利斯朵夫开始四处观察，他看到窗外有一只正在爬行的蜘蛛，他紧闭着嘴巴，把鼻子贴在窗玻璃上，开始聚精会神地观察它。它要去哪里？它想要做什么？它看起来是自由的，在它前进的道路上，似乎没有什么能阻止它。无论是白天还是黑夜，无论是雨天还是晴天，无论房子里是欢乐还是悲伤，它都在继续前行，对它来说，似乎任何东西都不重要，它仿佛从来不知道悲伤。它在田野、柳枝、闪闪发光的小鹅卵石和沙子上随意走动，无所顾忌，自由自在，这是多么令人愉悦的一件事情啊！

男孩贪婪地看着，听着，他仿佛被河水带走了，当他闭上眼睛时，他看到了缤纷的色彩——蓝、绿、黄、红，影子和阳光，他看到的一切慢慢成形。他看见了一大片平原，芦苇和玉米在微风中摇曳，空气中散发着新草和薄荷的香味，四面八方的花争相开放，矢车菊、紫罗兰……这一切是多么可爱啊！空气多清新啊！

躺在茂密柔软的草地上多好啊！克利斯朵夫既高兴，又有点儿困惑，就像在节假日，他父亲往他的杯子里倒了一点儿莱茵酒时一样……河水流过，树木倾斜着长在水边，娇嫩的叶子像小手一样，在水中浸泡着并不断优雅地摆动。树丛中的村庄映照在河面上，被小溪冲刷过的白墙上露出了墓地的十字架。然后是岩石、山峡，山坡上的藤蔓、松木和破败的城堡，还有平原、玉米、鸟儿和太阳……

他在幻觉中看到了美丽的大地，又看到了某人悲伤的脸庞，以及女孩的微笑……最终，这一切归于沉寂，只剩下一场虚幻的梦，像宁静的音乐，像沿着阳光飘下来的游丝。

发生了什么事？这些让自己充满悲伤和甜蜜的幻觉是什么？他以前从未见过它们，但他认识它们并认出了它们。它们从哪里来？难道是从神秘的生命深渊中超脱出来的？它们是过去，还是未来？

几个小时过去了，傍晚来临，楼梯间一片漆黑，蜘蛛已经退到了黑暗的角落，小克利斯朵夫仍然靠在窗台上。

他脸色苍白，满脸脏兮兮的，脸上闪耀着幸福的光芒。他睡着了。

尽管进行了顽强而英勇的抵抗，拳头还是战胜了他，克利斯朵夫投降了。每天早上三个小时、晚上三个小时的训练少不了，克利斯朵夫被放在"刑具"前，全神贯注，疲惫不堪，泪水从脸颊和鼻子上滚落下来，在戒尺和戒尺主人的长篇大论下，他用红肿的小手摸着黑白的琴键——他的手常常被冻得僵硬通红——弹错一个音，戒尺都会落下。他会屈服不完全是因为他的父亲，还因为他的祖父。老人看到孙子在哭泣，就用他一贯对待孩子的严肃态度告诉他，音乐是最美丽、最高尚的艺术，它能够给人们带去慰藉、让人们收获荣耀，为了这些，付出一点儿痛苦是值得的。克利斯朵夫感谢祖父能像对待大人一样和他说话，祖父所说的这些简简单单的话语与他孩子气的坚忍和日益增长的自豪感很好地归结在一起。因此，与其说是屈服，不如说是他被某些音乐情感所束缚和奴役，被他试图反抗的令人憎恶的艺术束缚和奴役。

在德国，镇上总有一家剧院，歌剧、轻歌剧、话剧、喜剧和歌舞杂耍都在这里上演——每周有三次演出，从晚上六点到九点。老约翰·米希尔每次都会去，有一次他带上了自己的孙子克利斯朵夫。

帷幕拉开了，露出了不太真实的纸板树和类似这样的东西。男孩对所有的一切都赞叹不已，这部作品的背景被设置为神秘的东方，他一点儿都不了解那里，但他爱那些走上舞台的人，爱那披散着金发的女演员。他孩子气的眼睛没有察觉到演员们的高大臃肿，怪异丑陋，没有察觉到两旁合唱队的夸张姿势，没有察觉到演员因尖叫而肿胀的脸，没有察觉到男高音的高跟鞋，也没有察觉到演员脸上的劣质妆容。他是个孩子，他的幻想能将他们变得无比完美。

音乐在这幻想中有奇效，它使整个场景沐浴在雾蒙蒙的气氛中，一切都变得美丽、高贵和令人向往。它在灵魂中孕育出一种对爱的迫切需要，同时在四面八方显示出爱的幻影，以填补它自己创造的空虚。

克利斯朵夫激动得不知所措。那些台词、手势、乐句使他心脏怦怦乱跳，他脸都红了，额头上滴着汗珠，他害怕有人发现他的异常。到了第四幕，为了给男高音和女高音一个炫耀他们嗓音的机会，剧情给两位主角安排了一场灾难，克利斯朵夫已经激动得无法呼吸了，泪水涌上了他的眼眶，他的手和脚都像被冻住了。幸运的是，他的祖父没注意到他如此激动。

他的祖父一直想写一幕歌剧，但一直没什么灵感，现在看到克利斯朵夫对这件事如此热忱，老人心里又升起了希望。

从那天起，克利斯朵夫有了一个愿望——再去一次剧院。他开始更加努力地弹琴，因为他们把参观剧院作为对他练琴的奖励。几天之后，一场即将到来的音乐活动使克利斯朵夫激动不已。弗朗索瓦·玛丽·哈斯勒——第一部让他倾倒的歌剧的作者将来这个小镇亲自指挥一场由他的作品组成的音乐会。镇上的人都很兴奋。这位年轻的音乐家是德国音乐界讨论度很高的明星人物，两个星期以来，他是镇上唯一的话题。男孩无比激动，一想到这位伟人也在小镇上，呼吸和他一样的空气，就兴奋得简直快要坐不住了。

终于，克利斯朵夫见到了他心目中的英雄。音乐会的那一天，整个小镇的人都到场了。大公爵和他的家族占据了巨大的皇室包厢，包厢顶上有一个由两个胖乎乎的小天使支撑着的皇冠。舞台上装饰着橡木树枝和开花的月桂，所有的音乐家都认为在管弦乐队中占有一席之地是一件光荣的事，曼希沃在他的老位置上，老约翰·米希尔指挥合唱。

当哈斯勒出现时，全场响起了热烈的掌声，为了看得更清楚，女士们纷纷起立。克利斯朵夫全神贯注地观察着这位音乐家的一举一动。哈斯勒有一张年轻而清秀的脸，身体却相当浮肿，状态也很疲惫；鬓角已经秃了，头发稀疏地留在头顶上，蓝眼睛看起来有些浑浊，他留着金黄色的小胡子，嘴角很少安分，总是带着嘲讽意味地微微抽搐着；个子很高，却摇摇摆摆，看起来十分神经质。

他的音乐和他本人十分符合，这让克利斯朵夫激动不已。他呼吸急促，坐立不安，音乐给了他如此猛烈和意想不到的震撼，全场观众都热情高涨，掌声和呐喊声此起彼伏。最后根据德国一贯的规矩，管弦乐队中的小号奏响了，乐队吹响胜利的喇叭向哈斯勒致敬，克利斯朵夫骄傲地颤抖着，仿佛这些荣誉是属于他的。他喜欢看到哈斯勒脸上洋溢着孩子气的喜悦。女士们投掷鲜花，男士们挥舞着帽子，观众们涌向舞台，每个人都想和音乐家握手。

幸运的是，音乐会结束后，他的祖父来了，带他参加了一个音乐家们的晚会，这场晚会是专门为哈斯勒演奏小夜曲的，大公爵和哈斯勒是今晚仅有的两个听众。演奏结束后，哈斯勒走来向他们道谢，就在大家吃吃喝喝时，哈斯勒同老约翰聊了起来，他记得老约翰·米希尔是最早表演他作品的人之一，他说他经常从一个朋友那里听说老约翰的指挥很出色，这位朋友曾是老约翰的学生。最后，老约翰在长篇大论中迷失了方向，拉着克利斯朵夫的手，把他介绍给哈斯勒。哈斯勒对克利斯朵夫笑了笑，漫不经心地拍了拍他的头。当他得知这孩子喜欢他的音乐，因为能见到他而激动得好几个晚上都没合眼时，他把他抱在怀里，连珠炮似的问了他几个问题。克利斯朵夫答不出话来，却高兴得满脸通红，不敢看他一眼。

当克利斯朵夫告诉哈斯勒，他想做一个像他一样的音乐家时，他开心地大笑起来。

"等你长大了，当上音乐家时，来柏林看我，我能帮你的忙，一言为定，好不好？"

克利斯朵夫害羞地同意了，哈斯勒笑道："那么来亲我一下吧！"

克利斯朵夫抱住他的脖子，又羞又喜，音乐家往孩子的口袋里塞满了各种点心："再会了，别忘记你答应我的话！"

那天晚上，划过小镇天空的那颗灿烂的流星对克利斯朵夫的思想产生了决定性的影响。整个童年，哈斯勒都是他为自己树立的榜样，为了效仿他的榜样，这位六岁的小伙子决定也要作曲。

说实话，他在不知不觉中已经这样做很久了，他在还没有作曲意识的时候就已经开始作曲了。

对于天生的音乐家来说，一切都是音乐。一切跳动、移动、颤动、甚至心跳，阳光灿烂的夏日、狂风呼啸的夜晚、流动的灯光、闪烁的星星、暴风雨、鸟儿的歌唱、昆虫的嗡嗡声、树木的低语、喜爱的或厌恶的人声、熟悉的炉边的声音、吱吱作响的门的声音、血液在夜深人静时流动的声音……一切都是音乐,只要你能听到或是注意到。克利斯朵夫看到的一切,他感觉到的一切,都在不知不觉中被他转化成了音乐。他仿佛成了一个交响乐的蜂巢。但是没有人注意到这一点,尤其是他自己。

像所有的孩子一样,他每时每刻都在不停地哼唱。无论他在做什么——无论是单脚在街上蹦时,还是趴在祖父家的地板上,双手托腮全神贯注地看书时,或是坐在厨房黑暗角落的小椅子上,在暮色中漫无目的地做梦时——总能听到他小喇叭般单调的喃喃自语,这个时候他总会嘴唇紧闭,脸颊鼓动。母亲很少管他,但偶尔也会批评他太吵。

当他厌倦了这种半睡半醒的状态时,他就动起来,弄出点儿响声,他自己创作了乐曲,用最高的嗓音唱着。他为每一个场合都做了曲子。他早上在洗脸盆旁唱一种像小鸭子溅水的调子,坐在钢琴凳上的时候唱另一种调子,从钢琴凳上跳下来还有一种调子,这些曲子一首比一首精彩。有一天,他在祖父的房间里走来走去,脚后跟打着拍子,他抬着头,挺着胸膛,绕着房间转了一圈又一圈,口中哼着他的一首新曲子。那个正在刮胡子的老人停了下来,脸上还沾着泡沫,走过来看着他,说:

"你在唱什么,孩子?"

克利斯朵夫说他不知道。

"再唱一次!"老约翰·米希尔说。

克利斯朵夫试来试去，却怎么也想不起自己刚刚的调子了。老约翰·米希尔什么也没说，似乎也没有再注意他。但当男孩独自在隔壁房间玩耍时，他特意让自己房间的门半开着。

几天后，克利斯朵夫摆好椅子，演奏起一部音乐喜剧，这是他用在剧院里看戏时记住的残片拼成的，他在跳舞和鞠躬，就像他在小步舞曲中看到的那样，对着挂在桌子上方的贝多芬画像自言自语。当他转过身旋转时，他看到祖父正透过半开着的门看着他。他以为老人在嘲笑他，难为情地停了下来，跑到窗前，把脸贴在玻璃窗上，假装一直在看什么有趣的东西。

但是老人什么也没说，只是走过来抱了抱他，克利斯朵夫看出他很高兴。

一周后，他已经把整件事都忘了，祖父却神秘地说有东西要给他看。祖父拿出了一本乐谱给他，男孩全神贯注地弹奏这本乐谱里的曲子，过了一会儿，祖父问他知道自己在弹什么吗，他说不知道。

"你不知道？"

他觉得有点儿耳熟，但想不起来在哪儿听过，祖父哈哈大笑起来，"这是你自己创作的曲调，你不记得吗？"

乐谱封面上用美丽的哥特字体注明了：

　　童年的快乐：咏叹调、小步舞曲、圆舞曲、进行曲。

约翰·克利斯朵夫·克拉夫脱著

克利斯朵夫被它弄得眼花缭乱。看着自己的名字,那个漂亮的书名,还有那本乐谱——这是他的作品!他喃喃地说:

"哦!祖父!祖父!"

比克利斯朵夫更快活的是他的祖父,他假装若无其事,又继续说道,"当然,我加了伴奏和和声来配合这首歌。然后……"他清了清嗓子,"然后,我在小步舞曲中加了三重奏,因为……因为惯例就是要加这一段,而且我觉得这样挺好。"

克利斯朵夫为能与祖父合作而感到非常自豪。

"但是,祖父,您也必须在上面签上您的名字。"

"不值得,不值得别人知道,只是——"他的声音颤抖了,"只是,以后我不在了的时候,这会让你想起你的祖父,嗯,你不会忘记他吧?"

这位可怜的老人已经有所预感,他的孙子不会寂寂无名,他只想把自己的一两个小调悄悄放进作品中,而不奢求留下名字。克利斯朵夫十分感动地抱着祖父,老人拍了拍他的头,然后亲吻了他的头顶。

"你会记得我吗?以后,当你成为一个优秀的音乐家,一个伟大的艺术家,能为你的家庭、艺术和国家带来荣誉的时候,当你出名的时候,你会记得是你的祖父首先察觉到这一点,并预料到你会有所成就吗?"

祖父说这些话时,眼睛里含着泪水,但他不愿让这种软弱的迹象显露出来,于是连忙咳嗽几声,沉着脸,抱着珍贵的手稿把男孩打发走了。

当克利斯朵夫跑回家的时候,他照旧还是要在父亲的监督下练琴。克利斯朵夫认为他的祖父比他的父亲聪明得多,虽然他坐在钢琴前没有生气,但他这样做与其说是为了服从,不如说是为了能够平静地做梦,就像他总是机械地在键盘上移动时所做的那样。当他没完没了地练习弹奏时,他听到自己内心有一个自豪的声音反复地说:"我是一位作曲家——一位伟大的作曲家。"

从那天开始,他认为自己是一名作曲家,于是他就开始作曲了。甚至在他还没有学会写字之前,他就已经在纸片上用黑点和钩线编曲,完成后,他会把这些纸片从家里的账簿上撕下来。他这样刻意创作出的东西是没有灵魂的,但他仍然这样做,因为他是一个天生的音乐家。然后,他会扬扬得意地把它们带到祖父那里,祖父高兴得哭了——他现在老了,很容易哭——并发誓说它们很棒。

所有这一切似乎都要把他宠坏了。幸运的是,有人拯救了他,那是他的舅舅,路易莎的哥哥——戈特弗里德。

他看起来五十多岁,瘦小枯干,性格和善。他是个小贩,过去常常背着背包从一个村庄走到另一个村庄,包里面什么都装:杂货、文具、糖果、手帕、围巾、鞋子、泡菜、历书、乐谱和药品。亲友劝他在某个地方安顿下来,开个店铺,但他做不到,他生性喜爱游历。

祖父和父亲都看不起这个小贩,因而克利斯朵夫和他的兄弟们也如此,他们戏弄他,嘲笑他,但戈特弗里德态度一直十分和蔼温柔,他总是给这些孩子们带来许多好玩儿和好吃的东西,丝毫不计较他们的无礼态度。

一天晚上，曼希沃外出就餐，戈特弗里德一个人留在起居室里，而路易莎则带着两个弟弟上床睡觉。这时，戈特弗里德走了出去，坐在离房子几码远的河边。克利斯朵夫无事可做，便跟着他，想要捉弄他。直到他看到戈特弗里德的脸被最后几束透过金色薄雾的落日余晖照得通明，舅舅脸上的神情凄凉而严肃，这让他不敢再胡闹，而是悄悄在河边的草丛里安静下来。大地一片黑暗，天空一片清朗，群星闪耀，河里的小浪拍打着岸边。男孩变得昏昏欲睡，叼着草叶打盹儿，一只蟋蟀在他附近吱吱地叫。他快睡着了。

突然，黑暗中，戈特弗里德开始唱歌。他用微弱沙哑的声音唱着歌，又好像是在自言自语，二十码外便听不见了。他的声音里流露着真诚，通过歌声，人们仿佛可以看到他的内心深处。克利斯朵夫从来没有听过这样的唱法，也从来没有听过这样的歌曲。它似乎是从遥远的地方而来，宁静中充满了那种年深月久的悲伤。

克利斯朵夫屏住呼吸，一动也不敢动，情绪激动得浑身发冷。听完后，他爬向戈特弗里德，用哽咽的声音说：

"舅舅！"他嚷道，"那是你编的歌吗？"

"不，是老歌，很久以前就有的，不是什么人编的。"

"可是老歌也是编的呀，舅舅！还有很多新歌也是大家编出来的！"

"为什么要编新歌？世上的歌曲已经足够多了，当你悲伤的时候、当你快乐的时候、当你疲倦的时候、当你想家的时候、当你鄙视自己的时候、当你痛恨自己的时候，你总有歌可以唱，何必唱新歌？"

"编新歌才能当大人物！"男孩满脑子都是他祖父的教诲和他崇

高的梦想。

戈特弗里德笑了起来，"我只是个小人物。你呢，为什么想当大人物？"

"因为我要编新歌！"

"你编新歌是为了当大人物，当了大人物是为了编新歌，难道你是一条追着尾巴打转的小狗吗？你想得越多，能做的就越少。"

月亮从田野后面升起，圆圆的，闪闪发光。银色的薄雾在地面和波光粼粼的水面上空盘旋。青蛙叫了起来，蟋蟀尖利的颤音似乎在回应星星的闪烁，风在杉木的树枝上沙沙作响，从河后的小山上传来夜莺甜美的歌声。

"有什么必要编新歌呢？"戈特弗里德在长时间的沉默之后叹了口气，"它们的歌声难道不比你能做的任何曲子都甜美吗？"

克利斯朵夫经常听到夜里的这些声音，他爱死它们了。但是他从来没有像现在这样听过。这是真的：有什么必要编新歌呢？他的心里充满了柔情和悲伤。他乐于拥抱草地、河流、天空和晴朗夜空中的星星。他内心突然充满了对舅舅的爱，他是一个如此和善、睿智的人。他想喊出来："舅舅，别难过！我不会再调皮了。原谅我，我爱你！"但他不敢。突然，他投入了戈特弗里德的怀抱，但他还是什么话也没说出来，他只是重复了一遍："我爱你！"并热情地亲了亲他的脸。戈特弗里德既惊讶又感动，连连问道："怎么了？怎么了？"然后克利斯朵夫站起来，拉着他的手说："我们得回去啦。"

克利斯朵夫很难过，以为舅舅没有理解自己的意思。但当他们回到房子里，戈特弗里德说："如果你愿意，我们可以再去听上帝的音乐，我会再给你唱几首歌。"于是，克利斯朵夫明白，他的舅舅已经理解他了。

他的舅舅是个品行高尚，同时又十分有品位的人，克利斯朵夫曾经酷爱创造那些新奇华丽的曲子，而舅舅却教导他言之有物的道理，若是心里没有感情，那就什么也创造不出来。他总是喜欢带着克利斯朵夫出去感受大自然，因为他是一位虔诚的教徒，认为只有自然才会给人最完美的音乐。

一天晚上，克利斯朵夫惊讶地得知，他——克利斯朵夫已经把《童年的快乐》献给了利奥波德大公爵。曼希沃宣布，他们必须不失时机地起草给大公爵的正式请求，发表作品，组织一场音乐会。原来，克利斯朵夫的父亲曼希沃得知利奥波德大公爵很乐意接受这样的敬意后，便自作主张，将克利斯朵夫所作的曲子以克利斯朵夫的名义寄了过去。

在得到大公爵的同意之后，父亲和祖父便紧锣密鼓地张罗起音乐会来，家里为了这场音乐会还卖掉了祖父的一只古董箱子，而克利斯朵夫什么都不清楚，他迷迷糊糊地穿上了礼服和皮鞋，与其说这是神童的音乐会，不如说是父亲的发财梦。

音乐会马上就要开始了。大厅里还有一半是空的，大公爵还没有到，一位经常出现在这些场合的善良而消息灵通的朋友告诉他们，皇宫有会议要举行，大公爵不会来了。曼希沃绝望了，他坐立不安，踱来踱去，反复地看着窗外。老约翰·米希尔也很痛苦，克利斯朵夫被家人的紧张情绪感染了。他一点儿也不担心他的作曲，但一想到要向观众鞠躬，他就感到不安。

然而，他不得不开始演奏，因为观众越来越不耐烦了。霍夫·穆西克·韦林的管弦乐队开始演奏科里奥兰序曲。这个男孩既不知道科里奥兰，也不知道贝多芬，虽然他经常听贝多芬的音乐，但他并不知道那是贝多芬创作的。他给它们起了新的名字，同时为它们创作了一些小故事或图片。他通常将它们分为三类：火、水和土，莫扎特几乎永远属于水。他是河边的一片草地，是水面上漂浮的透明薄雾，是一场春雨，还是一道彩虹；贝多芬是火，是烈焰翻滚的火炉，是熊熊燃烧的森林，是沉重又可怕的云，云层中还带着闪电。

乐队突然静默了下来，过了一会儿，军乐响起，原来是大公爵到了。克利斯朵夫穿着礼服，一本正经地走上舞台时，观众们大笑起来，他们的笑声毫无恶意，但还是把他吓得够呛。他只有一个想法：尽快到钢琴那儿去。在他看来，钢琴是他的避难所，是大海中的一个岛。他低着头，既不向右看，也不向左看，飞快地跑上舞台。当他走到舞台中央时，他没有像预先安排的那样向观众鞠躬，而是背对着舞台，径直朝钢琴冲去。椅子太高了，没有父亲的帮助，他很难坐上去，但他没有等待，而是跪着爬了上去。观众们笑得更欢了，但现在克利斯朵夫安全了，坐在他的乐器前，他不怕任何人。

当他演奏起《童年的快乐》时，观众们欣喜若狂。每一段演奏完成之后，他们都会热情地欢呼起来，他为自己的成功感到自豪，同时几乎被这样的掌声吓到。最后，大公爵起立，带头为他鼓掌，接着全场响起了掌声。但是，现在只有克利斯朵夫一个人在舞台上，他不敢在座位上挪动。他的头越来越低，满脸通红，表情也越来越垂头丧气。后来曼希沃来了，把他抱在怀里，让他向观众飞吻，还把大公爵的包厢指给他看。

但克利斯朵夫充耳不闻。曼希沃拉起他的胳膊，低声威胁他。然后他被动地打了个招呼，但他没有看任何人，也没有抬起眼睛，而是把头转开了。他很不高兴，他不知道这是怎么回事，但他的自尊心在受苦。他一点儿也不喜欢那里的人。他不想看他们鼓掌，也不想听他们大笑，当曼希沃终于把他放下来时，他连忙逃开，一位女士向他扔了一束紫罗兰，花儿擦过他的脸，这让小男孩惊慌失措，以最快的速度跑了起来，还撞倒了一把挡路的椅子。

观众们笑得更厉害了。最后他到达了出口，那里挤满了看他的人。他横冲直撞地冲了过去，跑到前厅后面躲了起来。他的祖父兴高采烈地发出祝福。管弦乐队的乐手们笑着对男孩表示祝贺，男孩拒绝看他们，也不愿与他们握手。曼希沃想把克利斯朵夫重新带上舞台，但是男孩愤怒地拒绝了。他紧紧抓住他祖父的上衣下摆，踢了每一个靠近他的人。最后他放声大哭，他们不得不放过他。

就在这时，一位军官走过来说，大公爵希望艺术家们去他的包厢。可是孩子还在哭，怎么见人？祖父只好答应给他一块巧克力。为了巧克力，贪吃的克利斯朵夫止住了哭声，吞下眼泪，跟着他们走了。

在大公爵的包厢里，他先见到一位穿着礼服外套的绅士，他的脸像哈巴狗一样，留着毛茸茸的胡子，这位红脸矮个子男人就是大公爵，他开玩笑地称呼他为"再世莫扎特"，可他不敢抬眼。他又被介绍给公爵夫人和公爵小姐，她们穿着华丽，让他不知道该看什么了。他被年轻的公主抱起来，坐在她的膝盖上，公主问他各种问题，逗他说话，他的脸越来越红，最后叹了一口气说：

"我的脸都热红了。"

公主听了哈哈大笑起来。但是克利斯朵夫并不像刚才那样介意，因为她的笑声很悦耳，而且她还吻了他的面颊，他也不觉得讨厌。

然后，他在包厢门口的过道里看到了他的祖父，他面带微笑，很害羞。老人很想现身，也想在贵人们面前说几句话，但他不敢，因为没有人跟他说话，他只好在远处欣赏着孙子的荣耀。克利斯朵夫内心产生了一种温柔的冲动，想为这位老人伸张正义，好让他们知道他的价值。他把手伸到新朋友的耳朵边，低声对她说：

"我要告诉你一个秘密。"

她笑着说："什么？"

"你知道吗，"他说，"那个漂亮的三重奏，"他哼了起来，"那是祖父写的，不是我写的，其他的都是我写的，但这是最美的一部分，他不想让别人知道，您不会说吧？您看，那边就是我祖父，我爱他。"

听到这话，年轻的公主又笑了起来，说他是个可爱的人，她又吻了吻他，并且立刻当众说了出来，每个人都笑了，大公爵向老人道贺，老人慌作一团。克利斯朵夫生气了，尽管公主不停地哄他，其他人也在恭维他，但他的秘密被人知道了，这让他很生气。

当他和家人从剧院走到街上时，人们都围了过来，祝贺他、夸奖他、拥抱他，但克利斯朵夫仍然不开心。当他回到家时，曼希沃将门狠狠地关上，对他进行了长达一个小时的责骂，这一切仅仅是因为，他认为克利斯朵夫不应该告诉别人三重奏不是自己写的。可是克利斯朵夫根本听不进去，他认为自己没有做错任何事，自己根本不应该被曼希沃责骂，相反，他认为自己甚至应该受到所有人的表扬。曼希沃听完克利斯朵夫的话，更加怒不可遏，他说要不是看在克利斯朵夫刚刚在音乐会上的表现不错，否则非得狠狠给他一个耳光不可。后来，亲王的仆人拿了大公爵送的金表和公主送的一盒糖果给他。他很高兴，可就在这时，曼希沃居然要求他坐下来，先给公爵以及公主写一封信，目的是感谢他们的喜爱以及赠送给自己的礼物。克利斯朵夫不愿意，不论曼希沃怎么说，他都不动笔。最后曼希沃狠狠地打了他一顿，并抢走了他的糖果，然后自己动笔写了一封给公爵的感谢信。这样操劳了一天，到最后，只有祖父安慰了他。当他躺在小屋里时，他听到房间里传来缓慢而沉重的脚步声，老约翰·米希尔弯下腰吻了吻他，说："亲爱的小克利斯朵夫！"然后，他似乎有些羞愧，一句话也没说就走了。临走之前，他把藏在口袋里的一些糖果塞进了他手里。

这使克利斯朵夫的情绪缓和了下来，但他这一天的情绪波动太大了，以至于他没有力气去想他祖父做了什么。他筋疲力尽，很快就睡着了。

他睡得很不安稳，梦中粗犷的音乐在他耳边炸响，那是贝多芬的序曲，苍劲有力。他记得这音乐，在音乐中，他如同在狂风暴雨中行走,在山川河流中行走,他似乎变成了山川,被雷雨所击打,在苦难中发出了笑声。

他的父亲被吵醒后嚷了起来,"怎么回事!谁在笑?"

他母亲低声说:"嘘!这男孩在做梦!"

于是周围的一切都安静了,音乐声消失了,只剩下鼾声。

清 晨

几年过去，克利斯朵夫快十一岁了，他仍然在学习音乐，他的祖父找来了自己的朋友——一个教堂里的管风琴师教克利斯朵夫和声。这位老师总是不让克利斯朵夫听那些好听的和声，克利斯朵夫对此感到十分不解，但这位管风琴师对此并不多做解释。或许是孩子的逆反心理作祟，老师越是不让克利斯朵夫做什么，克利斯朵夫便越是想要做什么，因此他反而更加喜欢那些好听的和声了。当然他也对不听老师话的行为感到不安，因此他也会反复听一些音乐大师的作品，并从这些作品中找出例子，用来反驳老师的观点。可是管风琴师并不认为自己的观点有什么问题，面对克利斯朵夫的反驳，他高傲地告诉他，他所举的例子并不能算作优秀。另外，克利斯朵夫有音乐会和剧院的免费通行证了。他父亲给他在管弦乐队安排了一个位置，他在那里表现得很出色，经过几个月的试用期，他被正式任命为宫廷音乐会的第二提琴手。他已经开始为家里赚钱，因为他的祖父越来越老，但他的父亲却比以前更能酗酒了。

他每天都在为自己无法尊敬的人弹奏乐曲，大公爵想什么时候听曲子，他就要什么时间赶去演奏，而家人认为这是一种荣耀。他周围也没有可以谈心的人，父亲的朋友是一群庸俗的酒鬼、祖父的朋友是一群老头儿、母亲的朋友是邻家妇女,除此之外,还有个讨厌的伯伯时不时来他家做客,总是摆出一副颐指气使的样子。他唯一喜欢的是戈特弗里德舅舅,他们常常傍晚一起出去散步。有时他们会去找戈特弗里德的朋友——渔夫杰里米,然后他们会在月光下乘他的船溜出去。从桨上滴下来的水发出轻微的滴答声,一股乳白色的水蒸气笼罩着水面,水面上星星在不停地颤动。公鸡在两岸啼叫,有时还能听到云雀从地上飞起的颤动声。戈特弗里德哼着曲子,杰里米讲着关于野兽的奇怪故事,月亮躲在树林后面,他们绕过漆黑一片的群山,看到水和天空在黑暗中交织在一起。

这是他唯一的快乐,当他回到家时,他又要面对他的酒鬼父亲。老约翰也忧心忡忡,老人总希望自己能活到克利斯朵夫长大成人,可以承担起这个家为止,他的身体还很硬朗,但那一天总会来临。

那是夏日的一天,天气很热,老约翰·米希尔喝了很多酒,在市场上与人吵了一架。他回到家里,到花园干活儿,克利斯朵夫当时正在他身边。老人倒下得很突然,当克利斯朵夫看向他时,发现祖父的眼睛里正在往外流血。他大惊失色,喊来了母亲和众人。

老人从摔倒的那一刻起就失去了知觉,当他躺到床上后,只有片刻意识清醒。牧师站在床边,为他进行了最后的祈祷。

几分钟后,在哭泣、祈祷和死亡引起的混乱中,路易莎看到克利斯朵夫脸色苍白,眼睛睁得大大的,大张着嘴,抽搐地抓着门把手。她过去抱住他,克利斯朵夫在她怀里抽搐着失去了知觉。他醒来时发现自己躺在床上,又惊恐、又难过、发起了高烧,直到两天后,舅舅戈特弗里德来看他，他的记忆才重新恢复。

"噢，舅舅！"他问道，"他现在在哪里？"

戈特弗里德回答说："他与上帝同在，我的孩子。"

但这不是克利斯朵夫想问的，他用颤抖的声音接着说：

"他还在房子里吗？"

"今早已经下葬了。"戈特弗里德温和地说道，"你没听到钟声吗？"

祖父去往了他最终的归宿，克利斯朵夫感到欣慰。但当他想到自己再也见不到心爱的祖父时，他又一次痛哭起来。

但是他没有更多的时间用来哀悼，曼希沃失去了父亲的管束，便更加肆无忌惮地堕落了下去。

他不再工作，所有曾经邀请他上门教课的家庭都拒绝了这个酒鬼，乐队没有开除他只是因为可怜他的父亲，他愚蠢的醉态总能逗乐同事们，他们都拿他当个怪人看待。克利斯朵夫现在成了乐队里的第一提琴手，他必须承担起父亲的那份责任。家里的钱很快便花光了，曼希沃自己没几个子儿可以挥霍，就开始挥霍妻儿赚来的钱，他们为了求生，不得不把钱藏起来，但这没什么用，曼希沃总能找到藏钱的地方。他还疯狂地变卖家里所有能卖的东西——书籍、床、家具、音乐家的肖像，直到最后，曼希沃想起了克利斯朵夫的那架旧钢琴。

尽管克利斯朵夫三令五申不许父亲卖掉那架钢琴，但曼希沃根本不把儿子的话放在心上。那天克利斯朵夫下班回家时，发现弟弟们眼神不对，他冲进自己的房间，果然发现钢琴不见了。而他的父亲在扬扬得意，哈哈大笑。

克利斯朵夫失去了理智,他像个疯子一样扑向父亲,曼希沃懒洋洋地躺在椅子上,根本不搭理他。男孩掐住他的喉咙哭了起来:

"贼!你这个贼!"

曼希沃抖了抖身子,一拳就把十二岁的克利斯朵夫打倒在地板上,男孩的头撞破了,他脸色发青,用哽咽的声音继续说:

"贼!你出卖了我!出卖了妈妈!出卖了祖父!"

曼希沃打了他一顿,但当他看到儿子鄙视且仇恨的目光时,他软了下来,甚至装模作样地认错,他带着哭腔说:"克利斯朵夫,不要看不起我!"最后,他声称自己要把薪水交给儿子来处理,重新经营这个家。

当然,在他酒劲过去后,便将这件事抛之脑后了,他仍然酗酒,谁都瞧不起他,乐队刚开始想把他的薪水交给他的儿子,不过后来决定省下这份力气。

曼希沃被开除了,他现在终于可以没皮没脸地靠妻儿养活,用撒泼打滚从他们手中榨取钱财,然后去小酒馆里大吃大喝。

因此,克利斯朵夫在十四岁时就成了一家之主。他的父亲嫉妒他,在外四处散播他的流言;他的弟弟仇恨他,因为他总是企图管教他们;他的街坊邻居既轻视又怜悯他,因为他生在这样一个家庭里。克利斯朵夫每天黎明起床,然后奔波在剧院和各个富人家里,他不停地给人当家庭教师来挣钱,在别的孩子尽情玩耍的时候,他已经习惯了这样的生活。他的话越来越少,他将自己完全封闭在了一个密闭的小盒子里,要是可以,他甚至会整整一个星期不说一句话,只是不停地辗转于不同的工作地点之间。后来，长时间的操劳与封闭拖垮了他的身体，克利斯朵夫年纪轻轻就出现了严重的神经疾病。他会经常性地痉挛、晕倒、呕吐或者抽搐，一旦发病，他只能痛苦地熬过去，直到症状渐渐减轻。

　　一个星期天，克利斯朵夫受邀到乡间别墅去用餐，他搭乘的是莱茵河上的汽船。在甲板上，他坐在一个和他年龄相仿的男孩旁边，这个男孩热情地为他腾出位子，不过克利斯朵夫没有理睬他。过了一会儿，他觉得男孩的目光一直没有离开自己，他便转过身来看着他。那是个金发碧眼的男孩，长着圆圆的粉红色脸颊，头发分到一边，嘴唇上有一层绒毛。他穿得很讲究——法兰绒套装，浅色手套，白鞋，浅蓝色领带——手里还拿着一根手杖。他用余光看着克利斯朵夫，头也不转，脖子僵硬，像母鸡一样。当克利斯朵夫看向他时，他连耳根都涨红了，还从口袋里拿出一份报纸，假装全神贯注地读着它。但是几分钟后，他又冲过来捡起了克利斯朵夫掉在地上的帽子。克利斯朵夫感到惊讶，他又看了一眼那孩子，并向他道谢，他不喜欢这种奉承态度，不愿意别人对他大惊小怪。尽管如此，他还是受宠若惊。

　　"你认识我吗？"克利斯朵夫说。

　　"哦，没错！"

　　这个男孩经常在音乐会上看到克利斯朵夫，因而对他印象深刻，十分喜爱。克利斯朵夫不习惯别人用这种热切还带有尊敬的语气跟他说话。克利斯朵夫得知他叫奥托·狄哀纳，是镇上一位富商的儿子。

他们自然而然地聊起天来，船靠岸之后，他们约定一起去吃饭。在饭店里，两个人都在想由谁来请客的问题，两个人心里都把请客吃饭当成了一种荣誉——奥托想付钱，因为他更有钱；克利斯朵夫想付钱，因为他不想让人瞧不起他。他们没有直接提这件事，但奥托竭力用他索要菜单时的权威语气来维护自己东道主的地位。克利斯朵夫明白他在做什么，于是反其道而行之，点了一些十分名贵的菜肴。他想表现出他和任何人一样能轻松付款，当奥托选择葡萄酒时，克利斯朵夫看了他一眼，点了一瓶饭店里最昂贵的酒。

当他们发现自己坐在一顿丰盛的餐点前时，两人都感到很不安。他们无话可说，吃得很不自在，举止笨拙，言语拘束。他们突然意识到对方是陌生人，他们互相注视着，试图恢复谈话。可是谈话中断以后便再难以衔接起来，因此这场丰盛宴席的前半个小时，两人一直十分尴尬。幸运的是，肉和酒很快就帮他们缓解了尴尬的气氛，他们渐渐向对方敞开了心扉。尤其是克利斯朵夫，变得格外健谈。他开始诉苦，讲起自己生活中的种种困难。奥托承认他也不快乐，他软弱胆小，同学们欺负、嘲笑、戏弄他，克利斯朵夫紧握拳头，说他们最好不要当着他的面这么做。他们互相倾诉父母给他们带来的痛苦，克利斯朵夫又拿出自己的作品来让对方品评，就这样边吃边喝，最后他们将胳膊肘支在桌子上，眼神柔和地交谈着，倾听着对方的声音。

这一顿饭吃掉了克利斯朵夫一个月的薪水，但他挺高兴。

走出餐厅，傍晚的阴影开始笼罩松林，但他们的上半身仍然沐浴在玫瑰色的阳光中，铺着紫色松针的地毯使他们的脚步声变得微不可寻。克利斯朵夫的心头涌上一种欣喜与悲伤交织的奇怪感觉。

吃饭之前，他们还是陌生人，但现在两个少年变成了朋友，他终于有了第一个朋友。

两人登上船，在灿烂的暮色中，他们坐在船头，讲述自己的心事，不管对方在不在听，他们沉浸在自己的快乐中。当旅程接近终点时，他们约定下个星期天再见。

夜里，克利斯朵夫一个人回来了。他的心在歌唱：我有一个朋友！我有一个朋友！他什么也没看到，什么也没听到，什么也没想。他很困，一到房间就睡着了，但是夜里他被这个兴奋的念头吵醒了两三次：我有朋友了！

第二天早上，他觉得这一切似乎都是一场梦。为了检验它的真实性，他试图回忆起昨天所有的小细节。上课时，他全神贯注于这件事情；下午，他在管弦乐队排练时也是如此，以至于当他离开的时候，他几乎记不清自己演奏了什么。

他们的友谊开始了，在克利斯朵夫表演时，奥托总会来看；在克利斯朵夫闲下来的时候，他们会一起出门散步，穿过田野，两个少年甚至还被农夫的狗追过，在田野里狼狈逃窜，大笑大闹。这样的时光持续了一段时间，克利斯朵夫喜爱奥托美丽的双手、可爱的头发、清新的脸庞、害羞的谈吐、彬彬有礼的举止，以及一丝不苟的外表。而奥托喜欢克利斯朵夫充满力量和坚定的气质，他们认为对方是自己唯一的挚友，并且这友谊将会持续一辈子。

当然，男孩之间的友谊没那么牢靠。某天，克利斯朵夫下课时，看见奥托和另一个男孩笑得很开心地走过,这让平生刚刚有了第一个朋友的克利斯朵夫感到十分嫉妒。就像太阳下方突然飘过一片云彩,一切都变得黑暗了。

他们曾经有过交集,但不可能走到最后。当奥托告诉他,自己即将上大学后,他们的友谊便烟消云散了。

时光荏苒,克利斯朵夫长大了。有一天,他听到了一则新闻。市议员斯蒂芬·冯·克里赫的遗孀约瑟夫斯·冯·克里赫夫人离开了柏林,带着女儿回到这个小镇生活,母女两人住在一栋气派的房子里,从瞭望塔上能直接看到院子里幽静美丽的花园、绿草如茵的大道、开阔的草坪、交错生长的树木,以及百叶窗死死关着的白色房屋。园丁每年会来两次,修剪花园,给房子通风。他走之后,大自然又重新控制了花园,寂静笼罩着一切。

克利斯朵夫过去常偷偷爬上瞭望塔,当黄昏笼罩草坪时,柔和的金色波浪在松树的阴影下闪耀着淡蓝的光芒。他喜欢那座花园。夜幕降临时,总有各种香气弥漫在花园里:春天是丁香,夏天是合欢,秋天是枯叶。当克利斯朵夫晚上在宫廷里演奏完毕,回家时,不管他有多疲倦,他总会去花园门口呼吸一下这种香气。克里赫家大门的两边各长着一棵百年栗树,他的祖父过去常常坐在栗树下抽烟斗,孩子们则常常用栗子做玩具。

所以那天,他也照常爬上瞭望塔,当他沉浸在观赏花园景色的寂静世界里时,两位女士从花园小路的尽头走了出来,一位是穿着黑色丧服的年轻妇女，她面容秀美，头发金黄；另一位是个十五六岁的姑娘，她身材娇小，五官娇嫩，有着明亮的眼睛，金发编成发辫盘在头上，更显得皮肤光滑白皙。

当他的目光和她们对上后，他吓了一跳，连忙从瞭望台上跳下来。不顾身后那位夫人的呼唤和少女的笑声，撒腿就跑。

大约一个月后，在宫廷音乐会上，他又一次见到了她们。之后，那位夫人邀请他过去喝茶，他们便相识了。

冯·克里赫夫人希望他能当女儿明娜的家庭教师，教她弹钢琴。她们彬彬有礼地招待了他，克利斯朵夫有些受宠若惊，他很少被人如此温柔地对待。在钢琴旁，他弹奏了一小段自己创作的曲子，"这就是您看到我那天，我在瞭望塔上作的曲子。"他说。实际上，曲子的灵感是在塔上产生的，但不是在他看到明娜和冯·克里赫夫人的那个晚上，出于某种只有他自己知道的原因，他说服自己是这样产生的，这首曲子节奏轻缓，人们似乎能从里面听到鸟儿低声歌唱的声音。

两天后，按照约定，他去给明娜上音乐课。此后，他每周会固定在早上过去上两次课，很多时候晚上又去弹琴、聊天。

冯·克里赫夫人很高兴见到他。她是个聪明善良的女人，失去丈夫的时候才三十五岁，虽然她的身体和心灵都很年轻，但她并不后悔离开花花世界。她一直怀念冯·克里赫先生，并不是说她有多爱他，而是她觉得平淡的婚姻就已经足够了。她脾气平和，待人亲切，十分懂得如何教育女儿，她敏锐的眼光能一眼发现所有人的弱点和可笑的一面，她喜欢观察别人，并在心里不带恶意地审视别人。

年轻的克利斯朵夫是她的一大消遣,既能满足她挑剔的头脑,又能让她释放自己的善意。她来到这个小镇的头几天,丧期使她不能参加社交活动,克利斯朵夫弥补了这段无聊的时光。她热爱音乐,虽然她不是音乐家,但她在音乐中发现了一种能够愉悦身体和精神的幸福感。当克利斯朵夫弹奏的时候,她坐在火炉边,手里拿着一本书,柔和地笑着,静静地享受着从他手指之下产生的音乐,她任由自己的遐想漫无目的地徘徊,徘徊在过去的悲伤和甜蜜中。

但比起音乐,这位音乐家本人更让她感兴趣。她很聪明,能意识到克利斯朵夫的罕见天赋,她还欣赏他的道德品质,他的正直、勇气、身上的那种坚忍,这些特质在一个孩子身上是如此少见。尽管如此,她锐利、嘲弄的目光以及她一贯的敏锐洞察力也看清了他的笨拙、丑陋、滑稽可笑,这些部分使她觉得好笑,她并未把他放在心上,不过她正好可以用他来消磨时光,试试自己教育孩子的技巧。

她懂得如何照顾他的骄傲,会温柔地告诉他什么是他应该做的,什么是他不应该做的,建议他怎么穿衣、怎么用餐、怎么走路、怎么说话,让他不要忽视任何举止、品位或语言上的错误,而他也不会因此而受到伤害,在处理这孩子容易受伤的自尊心时,她的抚摸是如此轻盈而谨慎。她教他文学鉴赏,让他懂得品位。夜晚,在火炉旁,她让明娜或克利斯朵夫朗读历史书或外国诗人的著作。她把他当作亲友家的儿子,带着几分他从未见过的高高在上的亲切感。她甚至关心他的穿着,会送他新衣服,给他织一条围巾,送给他一些小的梳妆用品,而且这一切都十分温和,不带任何施舍的意味。简而言之,她给了他所有的细微照顾和母性关怀,每个好女人都会本能地为一个信任她的孩子提供这些,而她对这个孩子并没有任何深厚的感情。但是克利斯朵夫认为这所有的温情都是他独有的,所以他心里充满了感激之情。

三月的一个雾蒙蒙的早晨,当小雪花像羽毛一样在灰色的空中飞舞时,克利斯朵夫正在教明娜钢琴,当他正努力地想看清琴谱上被明娜涂抹的字迹时,他的眼睛不由得越凑越近,少女将手伸了过来,想要盖住那字迹,他的嘴唇挨上了她的手。

那是只柔软、白嫩、像花瓣一样的手。他不知道是心不在焉还是故意为之,总之他不小心就碰上了。

两个人都惊呆了。

爱情就这样开始了,来得猝不及防,两个年轻人想都没想过这意味着什么。

一天下午,他们跑进花园,用胳膊肘支在露台上,俯视着河边的草坪。大地热气腾腾,柔和的薄雾正升向太阳,草地上闪耀着小小的雨滴,潮湿的泥土气味和花香交织在一起,周围围绕着一群嗡嗡作响的金色蜜蜂。他们肩并肩,不看对方。突然,她头也不回地握住他的手说:

"来吧!"

她很快把他带到林子中如同迷宫一般的高地上,他们爬上斜坡,在湿透的地面上滑来滑去,接近山顶时,她停下来喘了口气。

"等等……等等……"她喘着气低声说。

他看着她,她却把目光转向别处,她微笑着,呼吸急促,嘴唇微张，她的手在克利斯朵夫的手中颤抖。他们感觉到双手相连，血液流得很快。周围一片寂静。嫩芽在阳光下颤动，柔和的雨滴从树叶上落下，天空中传来燕子轻灵的叫声。

她猛地把头转向他，张开双臂搂住他的脖子，而他一头扑进她的怀里。

"我爱你，克利斯朵夫，我爱你！"

他们坐在潮湿的木椅上，内心充满了爱，那爱是甜蜜的、深刻的、荒谬的。其他的一切都消失了。他们不再自私、不再虚荣、不再拘谨。他们的心，他们的脸，他们的眼睛，都散发出最动人的柔情。这是纯洁、无我、舍己的时刻，而这时刻在一生中将一去不复返！

两人情真意切地喃喃自语了片刻，许下了永不变心的承诺，在亲吻的同时说了一些语无伦次的喜悦之词后，天色渐渐暗了，他们手牵着手往回跑，差点儿跌倒在狭窄的小路上，他们撞到树上，却什么都感觉不到，只是盲目地沉醉在爱情的喜悦中。

告别后，他没有回家，回到家也不可能睡着。于是他出了城，在田野上盲目地走了一夜。空气清新，乡间一片漆黑、荒凉，一只猫头鹰正在啼叫。克利斯朵夫像梦游者一样继续往前走。平原上小镇的灯光在闪耀，黑暗的天空中布满了星星。他坐在路边的矮墙上，突然大哭起来，不知道为什么，他太快乐了，而这过度的快乐中夹杂着悲伤，其中有他对幸福的感激、对不幸者的同情、对脆弱之事感受到的忧郁与甜蜜、对生活美好的喜悦。他喜极而泣，在泪水中入睡。当他醒来时，黎明正在偷看着他。河面上升起白色的薄雾，疲惫不堪的明娜正在床上睡觉，她的脸上洋溢着幸福的微笑。

没过多久，冯·克里赫夫人就察觉到了他们的小把戏，明娜并不在乎，她想要像小说里那样和母亲抗争。但她母亲不给她机会，她太聪明了，她不着急，也不会对此发表任何意见。但是她用讽刺的语气和明娜谈论克利斯朵夫，毫不留情地取笑他的缺点，她三言两语就把他说得一文不值。冯·克里赫夫人有一种残酷的技巧，可以一针见血地说得别人体无完肤。克利斯朵夫那不合脚的靴子、难看的衣服、肮脏的帽子、乡下人的口音、粗俗的嗓门、可笑的礼节。她知道怎么刺痛明娜的虚荣心，再在明娜开始愤怒时转移话题。

复活节快到了，明娜要跟随母亲到外地去拜访亲友，临行前，明娜送给克利斯朵夫一个小香囊，里面装了她的头发。在夜晚的凉亭里，她泪眼婆娑地要求他发誓会爱着她，不会离开她，然后才离开。

克利斯朵夫第一次知道了离别的可怕，这对所有相爱的人来说都是一种无法忍受的折磨。世界、生活……一切都显得虚无了。他走遍了所有能证明他们相爱的地方，吃了很多苦头。冯·克里赫夫人把花园的钥匙留给了他，这样她们不在的时候，他依旧可以去那里。当天他便去了花园，悲伤得快要哽咽。她的身影在所有的草坪上徘徊，他希望看到她出现在小径的每一个角落，即使明知她不会出现，但他假装她会出现，这使他痛苦不已，他走遍了有着他们爱情痕迹的所有地方——通往迷宫的小路、铺满紫藤的露台、凉亭里的座椅，他痛苦得喘不过气来。

他如此痛苦，周围的人却继续过着平常的生活，仿佛这样的不幸并没有降临在他们中间。镇上的人对此一无所知。人们都在忙碌着、欢笑着、喧闹着，蟋蟀在鸣叫，天空仍旧灿烂。他讨厌他们所有人，他觉得自己被这种蔓延的利己主义压得喘不过气来。但他自己比整个宇宙都更自私。对他来说，没有什么是值得的，他毫无仁慈之心，除了明娜，他谁也不爱。

明娜来信了，说她想念他，并且要他也报以同等的思念，她还要他为她写曲子，这让克利斯朵夫如获至宝，他急切地想要证明他的爱。他刚想到这里，音乐的灵感就涌上了他的脑海，就像洪水在水库里积聚了几个月，直到它突然冲下来，冲垮了所有的水坝。他有一个星期没有离开房间。路易莎把他的晚餐放在门口，因为他连她都不准进来。

他写了一首小喇叭和弦乐配合的小曲子。第一乐章是一首充满青春、希望和渴望的诗，最后一首是情人间的呢喃，克利斯朵夫的狂野和幽默在其中流露出来。但整部作品是为第二乐章"拉格特"而写，在这一乐章中，克利斯朵夫描绘了一个热情而又天真的小灵魂，或者说应该是明娜的肖像。没有人能认出它来，尤其是她自己，最棒的是，他可以认出它来，他有一种愉悦的错觉，觉得自己抓住了心爱之人的本质。从来没有一件作品写得如此轻松愉快，这是他用来发泄离别时积存在心中过度的爱的一种方式；同时，也是他对艺术作品的关爱，是将他的激情集中到一种美丽而清晰的形式上所必需的努力，给了他一种精神上的健康、一种能力上的平衡、一种身体上的愉悦——这是一种每个创造性艺术家都能体验到的至高无上的快乐。当他创作的时候，他完全摆脱了欲望和悲伤的奴役，现在轮到他成为主人了。在他看来，给他带来欢乐或痛苦的一切似乎都是他意志的精妙发挥。这样的时刻太短暂了，当它们结束时，他发现现实的枷锁比以往任何时候都更加沉重。

在他洋洋洒洒写了许多字之后，他开始等待回信。第四天早上，明娜的信终于来了——还不到半张纸——又冷又僵硬。明娜说，她很好，没有时间写信，并恳求他以后不要那么兴奋，也不要再写信了。

过了两周，明娜终于回家了，当她回来时，克利斯朵夫发现她已经变成了另外一个人，一个冷漠疏离的女孩，他已经快要不认识她了。克利斯朵夫完全不能理解，他拼命地寻找同她讲话的机会，直到那天早晨，他看到冯·克里赫夫人在冲他招手。

那位夫人一边浇花，一边和善而严肃地同他说道："我请你来是为了让你教我女儿学钢琴，并非让你对她产生什么别的念头。"

"可是，"他结结巴巴地说，"夫人，我是真心的，我想娶她……"

"别再说了。"她冷漠地说，"你以为这合适吗？"

她没必要说完，那是一根刺进他骨髓的针。他睁开了眼睛，看到了友善微笑里的讽刺，善良眼神里的冷漠，他突然意识到了她的表情中所有的恩赐和蔑视。他脸色苍白地站了起来，冯·克里赫夫人继续用她那亲切的声音跟他说话，但这已经结束了，他再也听不见那带有歌词的美妙乐曲了，他从字里行间觉察到了那个优雅灵魂的虚伪。他一句话也答不上来，便转身离开了。

周围的一切都在不停地旋转。

当他回到房间时，猛地躺在床上，就像小时候经常做的那样，咬住枕头,把手帕塞进嘴里,这样就没人会听到他哭了。他恨冯·克里赫夫人和明娜。他鄙视她们,他觉得自己受到了侮辱,羞愧和愤怒使他浑身发抖。

他在被窝里哭了一会儿,然后又爬了起来,他想要报复,报复这位高高在上的夫人对自己的侮辱,否则自己一定会被气到爆炸的。

克利斯朵夫拿出纸笔,开始愤恨地写信。

夫人:

我不知道您到底是怎样看待我的,但在我的心中,我曾经是真心将你们作为朋友来看待的。但没想到,在您眼中,我只是一个能够被用来演奏音乐以供你们取乐的人,我就好像是你们家的仆役一样。可我并不是你们家的佣人,请您认清这一点!

另外,在您眼中,我可能没有资格爱您的女儿,但我对您女儿的爱意,是任何事情都阻止不了的。也许我没有你们那么优越、高贵的身份,但我的内心却一点儿也不比你们低劣。不论是谁,即使他的身份再高贵,只要他看不起我,那我也一定会看不起他。

您已经引起了我的厌恶,但我还爱着明娜小姐,她永远只属于我!

约翰·克利斯朵夫

克利斯朵夫将信写完后，便立马投递了出去，可是他刚刚投递出去的那一个瞬间，他就后悔了——天啊，看到这封信的冯·克里赫夫人到底会怎么想啊！她会不会更加厌恶我？会不会狠狠地责骂我一顿？

好吧，要是她能够骂我一顿就好了，只要她能够原谅我。

克利斯朵夫每天都在提心吊胆地等待回信。投出这封信的五天后，他收到了冯·克里赫夫人的回信。

信中是这样写的：

亲爱的先生：

既然在您看来我对您的态度是如此恶劣，那为了让您不再受到来自于我的伤害，我建议我们双方之后就不要再来往了，毕竟这对于您来说是再好不过了。当然，您是一个前途无量的年轻人，我相信在未来，您将在音乐界有所成就。

约瑟夫斯·冯·克里赫

看完冯·克里赫夫人回信的克利斯朵夫彻底心如死灰了。这封言辞礼貌、平淡的回信，简直比任何言辞激烈的回信都更让他感到绝望。他以后再也见不到明娜了，一想到这件事，克利斯朵夫就感到心如刀割。他抛弃了尊严，写了一封又一封道歉信，当然，他没有收到任何回信。

克利斯朵夫伤心得快死了，他现在不论做什么都提不起兴趣，只是每天透过窗户，看着院子。

路易莎当然能看出克利斯朵夫内心的煎熬,可是她却不知道他到底在烦恼些什么。她多么想好好地与克利斯朵夫敞开心扉交谈一次,以便自己能知道他痛苦的根源是什么,自己该如何安慰他。可是可怜的路易莎早就已经失去了与克利斯朵夫交心的机会。即使她再怎么小心翼翼地询问自己的儿子,得到的也只是克利斯朵夫的抱怨与恼怒。克利斯朵夫其实很爱自己的母亲,只是母亲的安慰对自己起不到任何作用,因为爱情是一件很私人的事情,任何除相爱之人以外的第三个人,对两人的感情都不会有任何帮助。

　　可是这样的痛苦并没有持续太久,一件事情的发生打断了他的伤春悲秋。

　　那是一个很平常的晚上,所有人都已经陷入了沉睡,克利斯朵夫还是和往常一样一动不动地看着窗外。就在这时,外面的街道突然嘈杂了起来,紧接着,克利斯朵夫家楼下的大门响起了一阵急促的敲门声。房子里的所有人都被惊醒了。克利斯朵夫隐约记得父亲今天还没有回家,也许是他又醉倒在路边,被好心人送回来了吧,毕竟这样的事情已经发生过很多次了。父亲的身体真是健康,哪怕喝再多的酒,第二天起床照样精神百倍。

　　可是不知道为什么,克利斯朵夫的心中涌上了一股难以名状的焦躁,这个时候,路易莎已经下楼去开门了。就在克利斯朵夫竖起耳朵想听清楼下在说什么的时候,一声巨大的、无比痛苦的凄惨声音传到了他的耳朵里。

　　父亲死了,他晚上喝多了酒,醉醺醺地跌进臭水沟中淹死了。

他看着永远也不会再睁开眼睛的父亲，心中那些与儿女情长有关的愁绪瞬间烟消云散了。明娜、爱情、尊严……这些在死亡面前根本不值一提。他看着父亲，想起来那些久违了的回忆。曼希沃不算是一个好父亲，但他也不是一个坏人，他是一个有尊严、正直的人。他总是竭尽所能地维护自己家族的荣誉，他总是路见不平拔刀相助，路上遇到可怜人，也总是会对他们施以援手。

恍惚间，克利斯朵夫仿佛又听到了父亲的声音，曼希沃朝着克利斯朵夫发出悲鸣——克利斯朵夫！你瞧不起我！

克利斯朵夫瞬间悔恨万分，他没有害怕，哭着亲吻父亲冰冷的脸颊，嘴里不停地道着歉。

少 年

屋子里一片寂静。自从父亲死后，似乎一切都死了。现在曼希沃的大嗓门儿已经平息，从早到晚，除了河水令人厌烦的潺潺声，其他什么也听不见。

克利斯朵夫全身心地投入工作中。对于表示同情和善意的言辞，他从不回应，只是一言不发地做着日常工作，讲课时态度冰冷，但有礼貌。他的学生知道他的不幸，对他的麻木不仁感到震惊。但是那些年纪较大，有过一些悲伤经历的人知道，孩子表面上的冷漠可能只是用来掩盖内心的痛苦，他们同情他，但他对他们的同情并不感激。

即使音乐也不能给他带来安慰，他似乎不再享受任何东西，或者说他剥夺了自己活下去的一切理由，可是生活仍要继续。他的两个弟弟被家里的寂静吓坏了，以最快的速度逃离了。鲁道夫去了伯父西奥托的铺子，和他住在一起。欧内斯特做了两三次生意后，在往返美因茨和科隆的一艘莱茵河轮船上找到了一份工作，只有在需要钱的时候才会回来。克利斯朵夫和他的母亲单独留在房子里，房子太大，父亲又欠下了巨额债务，他们不得不搬离这里。

他们在市场街的一栋房子里找到了一套小公寓，有两三个房间。地点在市中心，远离河流、树木、乡村，远离所有熟悉的地方。但是

他们必须遵循理性，而不是情感。此外，房子的主人——之前法院的老书记于莱，是他祖父的朋友，认识他们这个家族。对路易莎来说，这就足够了，她受不了空荡荡的房子，只希望能和熟悉的街坊邻居近一些。

搬家的日子很快就到了，他要告别这栋陪伴了他整个童年的房子。在搬家的前一天晚上，当克利斯朵夫终于决心要上床睡觉时，他听到明娜家花园里的大树在沙沙作响。他突然打了个冷战，悲伤地想，穷人沉溺于过去是残忍的，因为他们没有权利像富人一样拥有过去，他们没有家，没有角落可以存放他们的记忆，他们的欢乐、悲伤和所有的日子都被风吹散了。

第二天，他们冒着倾盆大雨把简陋的家具搬到了新居。老地毯商费舍尔借给他们一辆马车和一匹小马，他们丢掉了许多家具，尽管那些家具破旧不堪，与垃圾没什么分别，但每丢一件都令母亲感到伤心。

新房东于莱十分热情，他邀请他们母子俩共进晚餐。于莱家里除了老人，还有女儿、女婿、外孙子和外孙女，十分热闹。于莱的女儿阿玛莉亚向路易莎介绍了附近的详细情况：这个地区的地形、居民的习惯、送奶工来访的时间、她起床的时间、各种各样的商人和东西的价格；于莱则试图向克利斯朵夫解释自己音乐生涯的艰辛；而克利斯朵夫的斜对面是阿玛莉亚的女儿罗莎，从他们坐下来的那一刻起就一直在说话，滔滔不绝，连呼吸的时间都没有。

不管克利斯朵夫内心如何烦闷厌倦，他都不得不留在这里与他们虚与委蛇。

于莱身材矮小,有一双忧郁不安的眼睛,还有张满是皱纹和粉刺的红脸,他非常诚实,相当能干,而且道德高尚,与克利斯朵夫的祖父关系很好。

他的女婿伏奇尔是法庭的书记员,今年五十岁,高大强壮,几乎秃顶,戴着金丝眼镜,气色挺好,但他总认为自己病了,因此十分忧郁。

阿玛莉亚是个坚强又粗暴的家庭主妇,永远都在忙着做家务,擦地板、搬家具。

男孩子伦纳德长得很漂亮,金发碧眼,一举一动都很拘束。女孩子罗莎的面容却逊色许多,脸上有个十分醒目的鼻子,让人无法把目光从她的鼻子上移开,去欣赏她青春娇嫩的皮肤。

克利斯朵夫那时很宽容。他的悲伤使他的偏执和强硬的脾气软化了许多。他曾被优雅的人冷漠对待的经历,使他更加意识到那些诚实之人的价值,他们虽然粗鲁且令人厌烦,但却是一些在认真生活的可靠朋友。不过当他和于莱老头儿打过交道后,便发现事实并不是那么回事。

于莱宣称自己热爱音乐,并邀请克利斯朵夫到家里演奏。但是好几次克利斯朵夫一开始演奏,老头子就开始大声跟他的女儿说话,仿佛音乐只会增加他对音乐以外事物的兴趣。克利斯朵夫弹到一半时会气愤地站起来,但大家甚至都没注意到。另外,只有十分老派、符合于莱时代的曲子才能获得他的青睐,一听到第一个音符,老人就会欣喜若狂,热泪盈眶,与其说是他正在享受快乐,不如说是他曾经享受过快乐。这种执着让克利斯朵夫对这些曲调感到恐惧,尽管其中一些曲目，比如贝多芬的阿德莱德曲目，他非常喜欢。老人总是哼唱这些曲子的第一小节，然后享受地说"这才是音乐"，并轻蔑地评价现代音乐"根本就没有旋律"。说实话，他对现代音乐根本一无所知。

他的女婿受过很好的教育，不缺乏对事物的品位，也不缺乏聪明才智，但他也欣赏不了任何现代的东西。他还贬低同时代的东西，如果他和莫扎特或贝多芬一个时代，他也会贬低他们；如果瓦格纳和理查德·施特劳斯已经去世了一个世纪，他也会承认他们的价值。

不过翁婿俩的杀伤力都没有阿玛莉亚来得强，这位好心人不停地工作，希望每个人都能像她一样工作。她的工作从来不是为了让自己和他人更快乐，相反，她的目的似乎是扰乱每个人的生活，使生活尽可能变得不愉快，从而使生活神圣化。没有什么能诱使她暂时放弃她在家庭中的神圣职责，在那么多妇女中，这种神圣的制度取代了所有其他的社会和道德职责。她要不是在同一天擦了木地板，洗了瓷砖，擦了门把手，打扫了地毯，搬了椅子、橱柜、桌子，她会以为自己浪费了生命。她在这件事上非常要强，对她来说，这似乎是一件事关荣誉的事。

但是这种工作狂的态度并没有使阿玛莉亚变得和蔼可亲。她为家庭琐事牺牲了自己，就像是上帝强加给她的职责一样。她藐视那些没有像她这样做的人，那些休息的人，那些在工作的间隙能够稍微享受生活的人。她甚至看不得路易莎干活儿时休息，若她看到，就一定会去路易莎的房间里提醒她。幸好她没这么折磨过克利斯朵夫。即便如此，她的大嗓门儿还是让克利斯朵夫头疼，当他被噪声激怒时，他会跺脚，但没有人会注意到这一点,他们认为他这是在作曲。这使克利斯朵夫深信,最淫邪无耻的女人也比一个大嗓门儿的贤良主妇要强得多。

在一片嘈杂中,只有伦纳德这个男孩始终安安静静,因此,克利斯朵夫有时会同伦纳德一起出门散步,可惜伦纳德一心准备投奔教会,这让克利斯朵夫难以理解。

于莱家里只有一个人克利斯朵夫没有注意到,那就是罗莎。她并不漂亮,虽然克利斯朵夫自己也不漂亮,但他对别人美不美却非常挑剔。只要女孩子长得丑,他就不会多看一眼。除非她已经过了能激起他柔情的年龄,那么除了严肃、和平和特别虔诚的感情,就不需要对她有任何感觉了。他从来没有费心去了解她,他所做的最多的就是看了她一眼。

但是她比大多数女孩都有更好的品格,她温柔、虔诚,又总是偷偷关注着克利斯朵夫。罗莎在音乐会上见过这位年轻的音乐家一两次。当她听说他要来和他们住在一起时,她开心极了,可惜他从未注意过她。在他到来之前,她怀着期待的心情度过了最后几天。她害怕他不喜欢这座房子,于是她努力把每一个房间都布置得尽可能吸引人。在他到达的那天早上,她甚至在壁炉架上放了一小束花来欢迎他。至于她自己,则一点儿也不注意打扮,只看一眼,克利斯朵夫就断定她相貌平平,衣着邋遢。她对他的看法却不一样,尽管她有充分的理由这样想:因为克利斯朵夫忙得不可开交,所以他疲惫不堪、衣衫褴褛,比往常更加丑陋。但是,罗莎不会去想任何人的坏处,她认为她的祖父、她的父亲和母亲都非常漂亮,她看到的克利斯朵夫和她所期待的一模一样，并且全心全意地钦佩他。那天晚上在餐桌旁，她很害羞，不幸的是，她的害羞变成了滔滔不绝的话语，这让她立刻失去了克利斯朵夫的好感，但对她来说，这仍然是一个毕生难忘的夜晚。

如果他能对她再友善点儿就好啦，可是他总是那么无情！

罗莎的心思并不是无人知晓，于莱倒是很希望他们能凑成一对，而且罗莎经常帮路易莎干活儿，她试图用笨拙的手段把话题引向克利斯朵夫。她只要听到他的名字就会高兴，手会颤抖。路易莎被罗莎所感动。她模模糊糊地猜到那姑娘在想什么，但她从不说出口，她想方设法地在克利斯朵夫面前夸赞罗莎，这甚至让克利斯朵夫也感动了，他向她道了谢，他尊敬她，但她在他的心目中并没有占据一席之地，他在意的是别人。

房子侧面的一楼租给了二十岁的萨皮纳夫人，那是位年轻的寡妇，独自带着女儿，靠针线铺生活。她是个懒散的女人，雇了个女佣来做工，自己大部分时间都在梳妆台附近，穿着长睡衣晃来晃去。她那披散的头发，赤裸的胳膊，让克利斯朵夫脸红心跳，总是会偷偷地在远处望着她。她也并非在卖弄风情，只是单纯懒散罢了。

有一天晚上，克利斯朵夫与路易莎一起在门口乘凉。一楼的那个女人也走了出来，路易莎没有注意到她，但克利斯朵夫看到了，他偷偷地走了过去，于是，他们很快便结识了。

在这场争夺克利斯朵夫的战争中，罗莎很明显落败了。她所能做最好的事情就是不再坚持，至少暂时不去管克利斯朵夫，但她并没有这么做，她心里一阵颤抖，忍不住试探他，胆怯地说萨皮纳很漂亮。克利斯朵夫简短地回答说："没错，她确实很漂亮。"尽管罗莎预见了他的回答，但当她听到这话时，还是会感到心碎。

阿玛莉亚原本就不喜欢那个懒洋洋的房客，这下听说她还抢了他们颇为看好的准女婿，更是怒气冲天，便每天指桑骂槐，直到克利斯朵夫气得和她吵了一架为止。

但这不耽误他和萨皮纳的感情进展，他们约好去乡下游玩，因为一场大雨，萨皮纳被淋湿了，无法回城，只好在乡下过夜，克利斯朵夫陪她留了下来。

两个人的房间是挨着的，中间只有一道门，门锁在萨皮纳那一边，雨点打在窗户上，风从烟囱里呼啸而过。克利斯朵夫无法入眠。他在想，他和她在同一个屋檐下，离得很近，只有一堵墙把他们分开。他听不到萨皮纳房间里的任何声音，但他认为他能看到她。他从床上坐起来，隔着墙低声呼唤她，说了几句话，他向她伸出双臂，并似乎得到了回应，他不知道那是真是假。最后，他从床上跳下来，摸索着走到门前，他发现那门是开着的。

克利斯朵夫不知道自己在害怕什么，他逃回床上，而另一边的萨皮纳在冰凉的瓷砖上赤着脚站了很久。

第二天清晨，萨皮纳因为淋雨发烧了，克利斯朵夫独自逃回了镇里。

当他回到家里时，有人寄来一封邀请函，请他去参加几场音乐演奏会，活动将持续两三个星期，他欣然接受了邀请，在他看来，这段时间足够他冷静思考，而且也不会让萨皮纳忘了他。

他仍然相信他们之间的爱，并且在途中为此写下不少曲谱，这种信念一直坚持到他回家为止。他到家时已经是早上六点半了，还没有人起床。萨皮纳的窗户是关着的。他踮着脚尖走进院子，这样她就听不见了。一想到要出其不意地抓住她，他就咯咯地笑了起来。他上楼回到自己的房间，感觉很饿，听到院子里有脚步声，他轻轻地打开窗户，看到罗莎像往常一样第一个出来，开始扫地。他喊她的时候，她吓了一跳，表情也有些不自然，不过他不在乎，他现在心情很好。

"罗莎，罗莎，"他高兴地说，"给我点儿吃的，不然我就吃了你！我饿死了！"

罗莎笑了笑，把他带到了一楼的厨房，给他倒了一碗牛奶，但是，她的神情非常奇怪，在克利斯朵夫的反复追问下，罗莎终于说出了实情："萨皮纳夫人去世了。"

他把自己关在房间里。百叶窗整天关着，这样他就看不到对面房子的窗户了。他避开了伏奇尔一家，他们在他的眼里是令人作呕的。他没有什么可以责备他们的，他们是一些实诚且对神灵虔诚的人，并不会说任何对死者不敬的话。他们知道克利斯朵夫的悲痛，并尊重他，不管他们怎么想，他们从来没有在他面前说过萨皮纳的名字。但在她活着的时候，他们一直是她的敌人。

克利斯朵夫粗暴地对待他们，一天，罗莎过来敲他的门，给他送来了一面小银镜。

那是萨皮纳的手镜，她经常拿着它翻来覆去地照好几个小时，他记得她照镜子的模样，因此，他如获至宝地接过它。

他感到愧疚，既为之前，也为之后，他非常清楚罗莎的爱，但他永远不能回报她同等的爱。在黑暗中，他恭敬地亲了她的手。

"我们永远是朋友。"他轻声地说。罗莎伤心地离开了，她知道她永远不可能和他在一起了。

克利斯朵夫再也不能回家了，因为，他一旦回家，就意味着要看到那扇再也没有萨皮纳的窗子，后来克利斯朵夫搬了出去，因为一楼被重新租出去了，萨皮纳的痕迹消失了。他想努力回忆起她的微笑，她的长发，她揽镜自照的模样，可是最后他发现，就像水从指尖流过一样，她从他的脑海中溜走了。他希望想起她，于是他闭上眼睛，但是过了半个小时，或者一个小时，有时是两个小时，他发现自己什么都没想。山谷的声音、风的咆哮、山羊在山上吃草的铃铛声、树木间穿行而过的风声，这些都像多孔的海绵一样，将他的思想吞噬浸透了。他对自己的想法感到愤怒，他竭力想要让自己怀念她，但他的思想根本不受控制，直到最后变得无精打采，然后，他叹息了一声，放过了自己。

克利斯朵夫知道，在他的灵魂深处，有个不可侵犯的圣殿，那里躺着萨皮纳的影子，而他将用音乐来纪念她。

在那之后的很长一段时间里，他活得有些浑浑噩噩，他同一个女招待员走在了一起，那个女招待叫艾达，她牙齿洁白，笑容爽朗，长着圆圆的脸蛋，有一头金发，身上有种粗俗而鲜活的魅力，这让克利斯朵夫没能招架得住。

他陷入了爱河，艾达对此沾沾自喜，她将两个人之间的秘密恋情宣扬得到处都是，镇上的人对他的评价变了。克利斯朵夫不愿离开艾达，于是，他不得不从鄙视他的于莱家搬走，而艾达的回报令他大吃一惊。

当克利斯朵夫的弟弟欧内斯特因为伤病回家休养时，艾达见到了这个俊俏的年轻人，这个粗俗的女人肆无忌惮地又去勾引欧内斯特，克利斯朵夫在那一瞬间摆脱了艾达的魔力，他内心那份温柔的爱被践踏了。

克利斯朵夫摆脱了艾达，但他并没有摆脱自己，那个坚强而平静的克利斯朵夫不见了，他失去了许多份家教职位，其他人看他的目光也不一样了，他没有什么好朋友，只能靠几个酒肉朋友和劣酒来麻痹自己，度过这段时光。当他清醒的时候，他又会感到迷茫——我为什么和他们混在一起，可克利斯朵夫又不愿离开这些酒肉朋友，因为他害怕独自一人。

一天晚上，当他从镇上的一家酒馆出来时，他看到前面几码远的地方，有舅舅戈特弗里德的影子，舅舅已经好久没回来了，他离开的时间越来越长了。

克利斯朵夫兴高采烈地呼唤他。戈特弗里德转过身来。他看到正在做着夸张手势的克利斯朵夫，便坐在一块界石上等他。克利斯朵夫喜气洋洋地走到他的跟前，蹦蹦跳跳地跟舅舅握手，对他展现了极大

的热情。戈特弗里德看了他很久,然后说:

"你好,曼希沃。"

克利斯朵夫认为舅舅弄错了,于是放声大笑起来:"舅舅,你老糊涂了。"

的确,戈特弗里德看起来老了,干瘪了。克利斯朵夫继续同他聊天,戈特弗里德又把背包扛在肩上,默默地走着。他们一起回家,克利斯朵夫大呼小叫,戈特弗里德咳嗽着,什么也没说。当克利斯朵夫再次询问他时,戈特弗里德仍然叫他曼希沃。然后克利斯朵夫问他:

"你叫我曼希沃是什么意思?你知道我叫克利斯朵夫啊。你忘了我的名字吗?"

戈特弗里德没有停下脚步。他抬起眼睛看着克利斯朵夫,摇了摇头,冷冷地说:

"不,你是曼希沃,我认识你。"

克利斯朵夫目瞪口呆地停了下来,酒醒了。当他们经过一家咖啡馆门口时,他走到黑暗的玻璃窗前,在里面看到了曼希沃。

当清晨的太阳升起时,克利斯朵夫陪着舅舅一同散步,寒风凛冽,而他的内心却丝毫不受影响,他已经知道自己该怎么做了,并且准备坚定不移地走下去。

反 抗

自由！他觉得自己自由了！束缚他一年多的情网突然破裂了。克利斯朵夫不断地喘息着，冰冷残酷的冷风刮了起来，路人们行色匆匆，他们捂住自己的脸颊，以免被冷风刮得通红。但克利斯朵夫却毫不在意，他不仅不厌恶这场大风，相反，他简直要喜极而泣了。他身上的束缚再也没有了，他终于自由了。他曾经被生活奴役，但现在，他终于成了生活的主人，他真是太开心了！这是一场成长危机，在这场危机中，强健的大自然撕开了过去一年的死壳，撕开了他被束缚和扼杀的灵魂。

他又是那个充满激情和创造力的克利斯朵夫了！

雷声会在它想要响起的时候响起，在它想要回荡的地方回荡。有些灵魂也能够催生风暴，召唤风暴，或是将风暴从地平线的各个角落汇聚起来。暴风雨来临时，天空会连续数日阴沉，并挂满蓬松的云彩。没有风，静止的空气似乎在发酵、在沸腾。自然万物都在默默积蓄力量，等待着刹那的爆发，等待着雷霆在云层中炸响的轰鸣。

暴风雨过去了，但并未带来期望中的解脱。你醒来时，还是会感到沉重、受骗、虚弱、灰心丧气。不过，暴风雨只是暂时退却，它终将再次来临，不是今天，就是明天，拖得越久，爆发时就会越猛烈。

现在它来了！他的灵魂中升起了闪电！他发现他再也听不出许多经典曲目中的美，反而只听到一片虚伪。克利斯朵夫把自己关了起来，重新开始阅读"神圣的"音乐家的作品。他震惊地发现，他最爱的某些大师撒谎了。起初他极力怀疑，以为自己弄错了，但后来发现，许多大师都在平凡与虚伪中撒谎，他们的作品是经不起推敲的！

有谁比他更能感受到舒伯特的善良、海顿的纯真、莫扎特的温柔、贝多芬伟大的英雄之心？有谁比他更常躲在韦伯森林的深处，在约翰·塞巴斯蒂安古老大教堂的凉爽树荫下，在北方某个隐秘的角落，在德国广袤的平原上，或是那些带有阳光尖顶的巨型塔楼间。可它们都不是真实的，克利斯朵夫无法忘记这一点。后来他把这些不真实归结于民族，他认为音乐家总是伟大的。但实际上，他错了，伟大和软弱同样都属于这个民族，它伟大而变幻莫测的思想就像欧洲最伟大的音乐和诗歌之河一样流淌着。他怎能如此严厉地谴责自己的民族？试问这个世界上会有完美无缺的民族吗？但克利斯朵夫还意识不到他的错误想法。

克利斯朵夫仍然在作曲，在他看来，创作是一种不可抗拒的必需品，不需要屈服于智者们制定的规则。

克利斯朵夫还是太年轻了，他还没有明白闭嘴的好处，更别提他向来以大嗓门儿爱说话著称的父亲，克利斯朵夫自然是遗传到了他父亲的这一基因。在外人看来，克利斯朵夫好似十分平庸，而他之所以使别人产生这样的想法，是因为他太真诚了。他会用被表现过的音乐形式表达自己的思想，而不刻意去追求与众不同。他只是试着做自己，说出自己的感受,并引以为豪,他相信这是保持独创性的最好方式。他认为自己所走的这条道路必将前无古人,后无来者。在他看来,这世间的很多事都还没人做过,而一切似乎都是为了留给他现在去做。这种内心无比富足的状态,使他幸福得快要发疯。他从生活中汲取能量,而一个人如果不能感受到这种力量,那他便不能被称为艺术家。

但是小镇上的人对他有另一种看法。

克利斯朵夫毫不掩饰他的感受,他为自己制定了一条规矩,那就是他在任何事情上都应该绝对、持续、毫不妥协地真诚。由于他不走极端就无能为力,所以他的诚意是奢侈的:他会说些离谱的话,让比自己幼稚一千倍的人感到震惊。他做梦也没想到这会惹恼他们。当他意识到某些神圣乐曲的愚蠢时,他会急忙把他的发现告诉他遇到的每一个人:管弦乐队的音乐家,或者他认识的业余爱好者。他会喜气洋洋地做出最荒谬的判断。起初没有人把他当回事,他们嘲笑他是怪胎。但这个小镇的记忆力是很好的,在过去的一年里,人们已经被他的行为冒犯了。

他们没有忘记他和艾达在一起的丑闻,小镇的居民总是喜欢将所有人的丑闻与缺点详细记录下来,邻居的悲伤、痛苦、丑事……都会被记录在小册子里,这样他们就永远不会忘记了。以前的丑闻加上现在的事情,现在,小镇上的所有人都彻底厌恶了克利斯朵夫。

甚至连大公爵都对他有看法了,他不许克利斯朵夫诋毁那些德国音乐家,因而直接斥责了他:

"先生,一听到您的话,人们就会怀疑您不是德国人。"

雪上加霜的是，克利斯朵夫的新作品演出失败了。他的音乐在寂静中奏响，没有掌声，观众席上一片沉寂，许多人甚至睡着了。克利斯朵夫背对着观众，专注地指挥着乐队，以音乐家特有的敏感清晰地感知着大厅内的氛围，他试图通过音乐唤起观众的激情，但观众的冷漠却像一股寒流，让他无法穿透。

序曲结束了，观众报以冷淡、礼貌的掌声，克利斯朵夫宁愿听他们的嘘声！至少能给点儿反应！他甚至连窃窃私语的声音都没有听到。

克利斯朵夫被击倒了。

他的失败并不令人惊讶，但是克利斯朵夫还没有冷静到能够承认失败，他没有意识到，那些不懂欣赏的人才是主流，真正的艺术家总会被人误解，而这些艺术家正是在这种被长期误解的过程中获得宁静的。他认为有敌人是很自然的，但令他吃惊的是，他发现自己连一个朋友都没有。那些人，那些曾经对他写的一切都感兴趣的人，音乐会过后，连一句鼓励的话都没有给他。

他大发雷霆，他愚蠢到想要让人理解自己，想要解释，想要争辩。他不管不顾，决心要改变德国人的品位，但这是完全不可能的，他不能通过谈话来说服任何人，他只是成功地多了几个敌人。

就在克利斯朵夫又一次因发表言论被大家冷落时，一个叫曼海姆的青年出现了。

他彬彬有礼，想请克利斯朵夫在杂志上发表点儿评论。克利斯朵夫十分兴奋，但他表示，自己想到什么，就要写什么。

"当然！"曼海姆说，"一旦你成为评论家，你就可以做任何你喜欢的事情，你不需要害怕公众，公众真是愚蠢得令人难以置信。当艺术家也没什么了不起，艺术家只是一种喜剧演员，但是评论家却是决定艺术家是否是喜剧演员的人，只要评论家说：'给我嘘那个人！'那大家都会遵从他的意愿，毕竟，只要你给这些人食物，不管发生什么，他们都会狼吞虎咽地吃下去。"

克利斯朵夫满怀感激地同意了，但还有些不放心，他反复要求："我想说什么就说什么，我不会顾及任何人。"曼海姆胸有成竹地告诉他："那当然，那是评论家应有的特权。"

曼海姆出身很好，交友也十分广泛，当然，他的朋友都是一些成日里聚在一起夸夸其谈的纨绔子弟。不过其中也有自力更生的人，就比如说阿达尔伯特·冯·沃尔德豪斯，克利斯朵夫要发表评论的杂志就是他出钱开办的。阿达尔伯特·冯·沃尔德豪斯自诩为一个诗人，但实际也不过是附庸风雅、沽名钓誉而已，在克利斯朵夫看来，他对作诗一窍不通。曼海姆将克利斯朵夫带进了自己的圈子，可是他并没有想象中那么开心，因为克利斯朵夫总觉得自己与这些人格格不入，他们总是在聚会的时候谈论一些十分粗俗的事情。不过克利斯朵夫对于曼海姆倒没什么厌恶感——这个人看起来很随和，实际上却很精明。他总是在别人滔滔不绝的时候认真倾听，在聚会冷场时挑起一些让人感兴趣的话题，这样的人往往会和克利斯朵夫这种不知变通的人相处得很好，况且他现在对克利斯朵夫兴趣十足。曼海姆在金钱上从来没什么烦恼，或许正因如此，他喜欢将这个世界当作是一场游戏，而克利斯朵夫，就是他在这段无聊日子中最喜爱的一件玩具。

在很长一段时间内，曼海姆总是会在自己的朋友面前谈起克利斯朵夫，并将他吹嘘成一位音乐天才，而自己是这位音乐天才的挚友。曼海姆甚至邀请克利斯朵夫来参加自己家的晚宴，为此，克利斯朵夫很是激动了一番。曼海姆的父亲是一位威严且健壮的老人，他虽然对音乐一窍不通，却能看出克利斯朵夫在这方面的过人之处。不过克利斯朵夫在他面前实在是太过拘谨，他怕自己招惹了这位老人，让他心生不快，因此没有与他做过多的交谈。

刚开始为杂志写音乐评论时，克利斯朵夫还有一些担心，但在曼海姆的不断鼓励和吹捧之下，克利斯朵夫渐渐放开了手脚。他开始对音乐界内的所有人发起无差别攻击，后来，克利斯朵夫认为仅仅批评艺术家根本不够，他开始对欣赏艺术的那些观众们评头论足——观众是只知道鼓掌吗？鼓掌难道已经成了音乐会的一部分了吗？听到糟糕的音乐要鼓掌，听到悲痛的音乐也要鼓掌。对贝多芬《弥撒祭月》的回应难道不该是诅咒吗？怎么会有人想要鼓掌呢？

克利斯朵夫的言辞实在是太尖刻了，他先是批评音乐流派，而后开始批评音乐家，再然后，连其他的评论家也一并批评起来。这样的混战很快便让杂志社无法忍受，但曼海姆却不在乎，他发誓要在下一篇文章里给克利斯朵夫的酒里掺点儿水。他们对此表示怀疑，但事实证明曼海姆并没有吹嘘。克利斯朵夫的下一篇文章虽然不是礼貌的典范，但没有一句冒犯言论。曼海姆的方法很简单，他们都惊讶为何以前没有想到这一点：克利斯朵夫从来没有读过他在"评论"中写的东西，校样也是一扫而过，他也不会买杂志来看。克利斯朵夫还把校样留给曼海姆，请他帮忙仔细更正。曼海姆做到了，起初，他只敢轻描淡写地删删减减，把某些粗俗的言辞去掉。后来，他更进了一步，他开始改变句子的意思，且做得得心应手。为了将克利斯朵夫的文章改成自己想要的效果，曼海姆可是花了大力气，即使是他自己去写一篇文章，也不会下这么大的功夫。但他很享受这样的结果：克利斯朵夫迄今一直讽刺的某些音乐家，看到他逐渐变得温和起来，并开始为他们唱赞歌，都大吃一惊。

曼海姆对自己一手创造出的喜剧效果大为得意，而克利斯朵夫却毫无察觉，他已经准备好和那些他瞧不起的音乐家战斗，但是他们从来没有发生过争吵。恰恰相反，每个人都对克利斯朵夫笑容满面，他所憎恶的人甚至会在街上向他鞠躬。

一天，他愁眉苦脸地来到办公室，把一张卡片扔在桌子上，问道：

"这是什么意思？"

那是一位被他大骂过的音乐家给他送来的明信片，上面写着"十分感谢"。

"哦，"曼海姆笑嘻嘻地说，"他说的肯定是反话。"

克利斯朵夫在德国艺术改革方面做了很多笨拙的努力。这时恰好有一个法国剧团经过这个小镇。更确切地说，是一支乐队，克利斯朵夫很瞧不起这种法国的小乐队，但他听说他们准备上演《哈姆雷特》后心动了，他从不放过任何观看莎士比亚戏剧的机会。对他来说，莎士比亚就像贝多芬一样，是取之不尽、用之不竭的生命之泉。"哈姆雷特"出现在他刚刚经历的那段压力和动荡日子中，这对他来说格外珍贵,尽管他害怕在戏剧中看到自己的影子。

他被它迷住了:他在戏院的宣传广告旁徘徊,不肯承认自己很想订个座位,要不是碰巧回家的时候遇到了曼海姆,他那天晚上估计就待在家里了。

曼海姆挽着他的胳膊,怒气冲冲地跟他诉苦,说他明明订了票,却被远道而来的亲戚打乱了计划,父亲让他留在家里招待。

"你买票了?"克利斯朵夫问道。

"唉,我订了包厢的票,眼看就这么糟蹋了。"

他突然停住脚步,看着克利斯朵夫:"哦,但是……但是你正是那个合适的人!"他咯咯地笑着说,"克利斯朵夫,你要去剧院吗?"

"不啊。"

"很好,你应该去。我请你帮个忙,你不能拒绝。"曼海姆扬扬得意地说,然后把票塞到了他手里。

克利斯朵夫对此很不高兴,他回到家后还在犹豫,后来他看了看表,发现刚好有足够的时间穿衣服去剧院。浪费门票太傻了。他邀请母亲和他一起去,但是路易莎宣称她宁愿上床睡觉。于是他一个人去了,一想到接下来的这个夜晚,他心里就充满了孩子气的喜悦。

当他走进剧院时,售票处的窗户已经关了,窗户上贴着一张海报,上面写着票已卖光。人们失望地转身离开。人群中,他注意到一个女孩,她穿着朴素的黑色衣服,个子不是很高,脸很瘦,看起来很娇弱,他并没有着意评判她是漂亮还是相貌平平。他走到她身边,停下来,转过身,不假思索地说:

"你买不到票吗?"

她脸红了,带着外国口音说:

"是的,先生。"

"我这儿有包厢票,你要一起来吗?"

她的脸更红了,边感谢边说她不能接受。克利斯朵夫对她的拒绝感到尴尬,请求她原谅,并试图坚持,但他无法说服她,尽管她极其渴望看这场剧。最后他下定了决心。

"其实这场戏我看过了,"他说,"这票你拿着吧。"

女孩见他如此坚持,只好小声地说:"我进去看了,那你呢?"

克利斯朵夫温和地笑着说:"那我们一起进去吧。"

曼海姆舍得花钱,订的包厢位置十分不错,可是女孩见这位置这么靠前,反而拘谨了起来。克利斯朵夫也觉得十分不自在,但不是为自己,而是为这个女孩。说实在的,克利斯朵夫在当地绝对算是一个名人,由于自己犀利的言辞,大部分人都有些看不惯他。因此,当这些无聊的人看到克利斯朵夫带了一个陌生女孩来看戏时,便向他们投来好奇的目光,克利斯朵夫还能听见些许并不友善的窃窃私语。为了让这位敏感的无辜女孩能够稍微放松一些,克利斯朵夫不得不找一些话题与她交谈。但女孩显然太紧张了,面对克利斯朵夫的询问,她结结巴巴地好长时间都回答不出来一句话。最后,克利斯朵夫觉得有些力不从心,他开始后悔,自己是不是不该将这个女孩带进来。好在戏剧很快开始了,克利斯朵夫终于可以逃离这尴尬的气氛,将目光转移到舞台上了。

扮演奥菲莉亚的是一位年轻女演员，事实上，她一点儿也不像莎士比亚的奥菲莉亚。她是个美丽的女孩，又高又漂亮，就像一尊年轻而新鲜的雕像——伊莱克特拉或卡桑德拉。她充满了活力，尽管她努力扮演自己的角色，但她身上青春和欢乐的力量还是会从她的动作、手势、不由自主含笑的棕色眼睛里闪耀出来。身体美的力量如此之大，他甚至认为奥菲莉亚，这个纯洁但不幸的女孩，她的内心深处洋溢着青春的热情。那纯净、温暖、柔和的嗓音有一种魔力：每一个字听起来都像一个可爱的和弦，每一个音节都像百里香或野薄荷的香味，带着笑意的声音与完整的节奏配合着。

克利斯朵夫忘了他的同伴，他的眼睛一直盯着那个他不知道名字的美丽女演员。

直到第一幕的帷幕落下，他才想起同伴的存在，这个女孩还维持着刚刚进来时的神态——既害羞又紧张。克利斯朵夫为了缓和这略显尴尬的气氛，主动与女孩闲聊起来。

克利斯朵夫说："我刚刚有些自言自语，是不是吓到你了。"还没有等女孩回答，克利斯朵夫又继续说，"很抱歉，我一直都是这样的一个怪人。"

女孩连连摇头。

克利斯朵夫又想到刚刚台上的那个女演员，于是情不自禁地向女孩问道："刚刚台上的奥菲莉亚……这个女演员……哦，还有那个男演员，我觉得他们一点儿都不般配。"

女孩温柔地笑了笑："确实如此，那个女演员很美。"

克利斯朵夫从她的口音中听出了些不寻常，于是问道："你是不是外国人？"

女孩害羞地点了点头："我的口音很重吗？"

"不不不，"克利斯朵夫解释道，"我只是对其他人的声音比较敏感罢了。"

这时，克利斯朵夫又打量了一下她的穿着，饶有兴趣地问："让我再来猜猜，你是一位教师对吗？"

"是的。"

"那请问你是哪个国家的人呢？"

"我是法国人。"女孩回答道。

"怪不得，"克利斯朵夫恍然大悟道，"怪不得你想来看这出戏剧，因为演员也是法国人，对吗？"

女孩点了点头："我一个人在这里实在是有点儿无聊。"

"哦，我不是那个意思！"女孩慌忙地解释，"我只是觉得……"女孩有些语无伦次，克利斯朵夫看到她的手指在颤抖，明白她还是紧张。

"没事，我知道你的意思，何况这个地方的确让人无聊。"克利斯朵夫笑着安慰她。他将身子靠在椅背上，长长地舒了一口气。

直到幕间休息结束，他一直都在走廊里。女孩的话在他耳边回响，但他却沉浸在梦中：奥菲莉亚的形象充斥在他的脑海。在接下来的演出中，她完全抓住了他，当这位美丽的女演员唱起爱与死的悲歌时，他觉得自己要哭了，便连忙跑出了剧院。他心烦意乱地走下剧院的楼梯，不知不觉地走了出去。他需要呼吸一下夜间寒冷的空气，于是大步走在黑暗、空荡荡的街道上。他站在运河边上，靠着岸边的护栏，看着寂静的水面，路灯的倒影在黑暗的水面上舞动。钟声响了。他不可能回到剧院去把这出戏看完。去看福丁布拉斯的胜利吗？看他在哈姆雷特死后登上王位？

克利斯朵夫回家时丝毫没有想起那个不知名的姑娘，他把她一个人留在了那个包厢里，甚至连她的名字都没问过。

这件事注定要发生：曼海姆一直在修改克利斯朵夫的文章，他不再有所顾忌，常常删掉整行批评，再代之以赞扬之词。

有一天，克利斯朵夫外出拜访时遇到了一位音乐家，一位被他痛骂为俗气的钢琴家。那人走过来，露出洁白的牙齿，微笑着向他道谢。他粗暴地回答说，没有理由这样，但对方坚持滔滔不绝地表示感谢。克利斯朵夫打断了他的话，说如果他对那篇文章满意，那是他的事，但那篇文章肯定不是为了取悦他而写的。这位艺术家认为他是个善良却粗野的人，笑着走开了。但是，克利斯朵夫想起曾收到过另一位被他批评的人送的感谢卡，心里起了怀疑。他走出去，在报摊上买了一本最新一期的杂志，翻开他的文章，读了起来……起初他怀疑自己是不是疯了。最后他明白了，他发疯似的跑到杂志社办公室。

沃尔德豪斯和曼海姆在那里与一位女演员聊天。他们还来不及问，克利斯朵夫就把几份杂志扔到桌子上，不等停下来喘口气就朝他们大吵大嚷起来，骂他们是无赖、骗子、撒谎者，曼海姆开始大笑起来。

克利斯朵夫想踢他，曼海姆连忙躲在桌子后面，笑得前仰后合。

曼海姆不在乎与克利斯朵夫决裂，在他看来，这个年轻的音乐家只是个玩具，他把一切可能的乐趣都从里面汲取了出来，他开始想要一个新木偶了。从那一天起，他们之间的一切都结束了。但每当有人当着他的面提到克利斯朵夫时，他仍然说他们是亲密的朋友，反正这对他来说无所谓。

吵完之后两天，《伊菲革尼娅》进行了第一次演出。

这出克利斯朵夫创作的歌剧失败了，与此同时，大公爵对他也越来越冷淡，所有人都知道他身后没有了靠山，可以肆意攻击。

他饱受批评。他们不仅关注他的音乐，还关注他对新艺术形式的想法，作家们不想费心去理解他的想法，只想模仿和取笑他。克利斯朵夫还不够聪明，不知道对不诚实的批评者最好的回答是什么都不说，然后继续工作。

然而，当新闻业的大门都向他关上时，克利斯朵夫选择了一家激进的、被大公爵所憎恶的报社。不管怎么样，他一定要把自己的话说出来。这家报社收到他的投稿，很快就发表了，他十分高兴，直到宫廷给他送来了一封信，要他进宫一趟。

他心情非常好，走进宫殿时，把帽子扔在大厅的桌子上，亲切地向他从小就认识的老招待员打招呼。这位老人过去总是对克利斯朵夫的无礼回以友好，今天却似乎有点儿傲慢了。克利斯朵夫没有注意到这一点，他走到前厅，遇到了一位大法官办公室的办事员，这位办事员平时很健谈，非常友好。克利斯朵夫惊讶地看到对方没有打招呼，匆匆从他身边走过，然而，他并没有把这件事放在心上。

他进去了，大公爵刚吃完晚饭，在一间客厅里，斜靠在壁炉架上，一边抽烟，一边与客人交谈，克利斯朵夫看到了公主，聚会很热闹，他们都非常高兴。当克利斯朵夫走进去时，他听到了大公爵的大笑声。但当大公爵看到克利斯朵夫时，他的笑声停了，向他咆哮起来：

"啊！你在这儿！"他说，"你终于屈尊来了？你以为你还能继续取笑我吗？你这个流氓！"

克利斯朵夫被这突如其来的打击吓了一跳，过了好一会儿才说出一句话。他在想，他只是迟到了，这不可能激起对方这样粗暴的对待。他喃喃地说：

"我做了什么，大公爵？"

大公爵不听他的话，继续怒气冲冲地说：

"闭嘴！我不会被流氓侮辱的！"

克利斯朵夫脸色发白，他哽咽了，咽了一口气才张口说话："大公爵，您没有权利不告诉我，我到底错在哪儿了，就这样侮辱我。"

大公爵让秘书拿出那份报纸："你不是在这上面发表评论了吗？"

"我只是个音乐家，我从来不看这份报纸！"克利斯朵夫抗辩道。

"你别无选择，只能闭嘴。我对你太好了。我对你和你的家人都很仁慈，尽管你和你父亲有不当行为。所以我有理由要你闭嘴，我禁止你继续在一份对我怀有敌意的报纸上写作。此外，我还禁止你今后在没有我许可的情况下写任何东西。我受够了你的音乐评论，我不会允许任何享受我庇护的人花时间攻击那些有品位、有感情的人，你最好写出更好的音乐，要是写不出来，那就去练你的音阶！我不想和一个通过谴责我们民族荣耀和扰乱人们思想来自娱自乐的音乐家有任何关系，感谢上帝，我们知道什么是好的，不需要你告诉我们。先生，去你的钢琴那儿吧，要不就安安静静地待着！"

克利斯朵夫结结巴巴地说：

"我并不是您的奴隶。我想说什么就说什么，想写什么就写什么……"

他哽咽了，羞愧而又愤怒，几乎要哭了，但最后他还是走了出去。

当大家都清楚克利斯朵夫没有任何靠山时，突然冒出了一大批他从未见过的敌人。所有他直接或间接得罪的人，那些人有的被他进行过个人批评，有的被他攻击过思想和品位，他们现在都来攻击他了，饶有兴趣地为自己报仇。

所有的乐团都拒绝演奏他的曲子。

后来，有一个乐团表示愿意演奏他的曲子，当他满怀希望地跑去听的时候，看到剧院坐满了人，乐队却把这首曲子演奏得乱七八糟。所有的音节都不在调上，和弦像一座坍塌的废墟一样，除了灰泥什么也看不见。有一阵子，克利斯朵夫不太确定他们是不是真的在演奏他的作品。他都认不出来自己的作品了，这首交响乐就像一个醉汉紧紧地靠在墙上一样，不停地叽叽喳喳，打着嗝，这令他羞愧极了。

辩解自己没有写过这样的东西是没有用的，观众从来不会怀疑指挥，观众相信口译员，相信歌手，相信他们习惯听的管弦乐队，就像相信报纸一样，他们不会犯错误。如果他们讲了什么荒唐的事情，那都是因为作者的荒诞。观众这次尤其不会怀疑，因为他们原本就相信这位作者是可笑的。

克利斯朵夫试图说服自己，指挥一定知道这么弹奏有问题，他可以让管弦乐队停下来，重新开始。但是他没有，这首交响曲变得越来越滑稽，管弦乐队的乐手们已经发出了信号，他们中的一些人毫不掩饰他们的嘲笑声。观众们笑得前仰后合，当低音提琴以油滑拖沓的音色，机械重复着单调乏味的主旋律时，观众席瞬间爆发出加倍的哄笑。在这片此起彼伏的嘈杂声浪中，只有乐队指挥神色自若，依旧保持着他的拍子。

最后观众们鼓掌，吹口哨，大声笑骂。当骚动平息后，指挥转向观众，冷酷而尖刻地说道：

"先生们，如果不是想让这位敢于冒犯伟大的勃拉姆斯的绅士露露脸，我们根本不会演奏这种玩意儿。"

说完，他从看台上跳下来，在观众的欢呼声中走了出去。观众们鼓掌想让他回到台上，掌声持续了几分钟，他没有回来，管弦乐队离开了，音乐会结束了。

这真是"美好"的一天。

克利斯朵夫已经走了。他处于难以名状的状态。他盲目地走着，挥舞着双臂，转动着眼珠，像个疯子一样大声说话。街上几乎空无一人。音乐厅是前年在离小镇不远的一个新社区建造的，克利斯朵夫本能地穿过空旷的田野，逃往乡下，田野里有几个被栅栏包围的孤零零的棚屋和脚手架。他本可以杀死那个侮辱他的人。唉！杀了他之后，他能改变那些人的敌意吗？他们人太多了，这些人内心充满了仇恨，他们就是想要侮辱他，即使是耶稣来了也毫无办法。可自己做了什么罪大恶极的事情吗？他仅仅想将自己内心认为美好的东西说出来，并希望大家能从中获得快乐，能够让别人与自己一样感受到美。

即使他们不喜欢他，他们也应该感谢他的意图，他们尽可以温和地指出他哪里错了。但是，他们竟然以这样一种恶毒的方式来侮辱和嘲弄他，他们想用嘲弄的方式来置他于死地，这怎么可能呢？他抽泣着说："我对他们做了什么？"他哽咽了，他认为一切都完了，就像他小时候第一次接触到人的恶意一样。

当他环顾四周时，他突然发现自己已经走到了河边，当他俯身越过陡峭的河岸时，他被平静清澈的水面迷住了，树上的一只小鸟开始唱歌，河水发出潺潺的声音，成熟的玉米在轻柔的风中摇曳。

在路边的树篱后面，那些不见踪影的蜜蜂用"嗡嗡"的音乐声染香了空气。一个金发小姑娘坐在墙上，肩上扛着一个轻便的篮子，像一个长着翅膀的小天使，正晃着两条光腿，漫无目的地哼着歌。远处的一片草地上，一条白狗在转着圈跳来跳去。

克利斯朵夫靠在一棵树上，听着、看着春天的大地，他被这些生物的宁静和欢乐吸引，他可以忘记，他什么都可以忘记。突然，他用胳膊抱住那棵树，把脸靠在树上；他又倒在地上，把脸埋在草地里，愉快地笑了起来。生活的美丽、优雅和魅力将他包裹起来，浸透了他的灵魂，他像海绵一样把它们吸了起来。他想：为什么你这么漂亮，而人类却这样丑陋？

他准备重新投入工作，但这并不容易。他失去了宫廷里的职位，所有的家庭都不再请他当老师，每个乐团都对他避之不及，他尝试去教会做音乐老师，在那里结识了一对好心的夫妻，他们收留了他。他度过了一段艰难的日子，这对夫妻并不懂音乐，但明白他那颗赤诚纯真的心。

但没有用，小镇里有人邮来了匿名信，声称克利斯朵夫勾引了这家的太太，才能骗到夫妻俩的庇护。这样的信不断邮来，言辞也越来越难听，克利斯朵夫终于明白，他必须走了。

他一个朋友也没有，所有的朋友都失踪了。他亲爱的戈特弗里德舅舅几个月前就走了，他曾在困难的时候帮助过他，现在他非常需要这位舅舅，但他永远不会回来了。就在这个夏天的一个晚上，从一个遥远的山村邮来了一封信，这封信是写给路易莎的，信中说，她的哥哥，戈特弗里德在行商的途中去世了。戈特弗里德本来身体就不好，却坚持卖货，最终还是病倒了，他被埋在了那边的一座墓地里。

戈特弗里德那饱含男子气概的脉脉温情是克利斯朵夫最后的依靠，但现在只剩下一个并不理解他精神世界的老母亲。他周围是德国辽阔的平原，它们就如同绿色的海洋一般。每当克利斯朵夫想要从中爬出来，却只会陷得越深，这座小镇在等着他被慢慢溺毙。

正在他挣扎的时候，一盏灯照到了他的身上。他小时候深爱的伟大音乐家哈斯勒的形象闪现在他的眼前，现在他的名声传遍了整个德国。他想起了哈斯勒当时给他的承诺。他绝望地紧紧抓住这块残骸，哈斯勒可以救他！哈斯勒必须救他！

他寻求的是什么？不是帮助，不是金钱，不是任何物质形式的援助，只是理解。哈斯勒也像他一样受到过迫害。哈斯勒是个自由人，他会理解这个被平庸的德国人怨恨并且试图粉碎的自由人。他们打的是同一场仗。

他一想到这个主意就付诸实施了。他告诉母亲他要离开一个星期，当天晚上，他就坐火车去了德国北部的大镇，哈斯勒住在卡佩尔梅斯特，他迫不及待，这是他最后一次努力。

哈斯勒老了许多，态度也变得冷漠，克利斯朵夫几次都觉得自己坚持不下去了，但他想起过往，还是鼓起勇气把自己的乐谱交给了哈斯勒。哈斯勒聚精会神地弹奏起他的曲谱，时不时自言自语，好像克利斯朵夫不存在一样，但克利斯朵夫兴奋得脸红了，忍不住把哈斯勒的惊呼当成了对自己的褒奖。克利斯朵夫忍不住解释了自己想要做的事情。起初，哈斯勒似乎并没有注意到他在说话，只是自顾自地大声讲话。后来，克利斯朵夫说到了一些戳中他内心的话，他就一言不发了，他的眼睛盯着乐谱，就像是根本没有在听克利斯朵夫的话一样。克利斯朵夫变得越来越激动，最后他毫无保留地、天真又热情洋溢地谈起了他的计划和生活。

哈斯勒渐渐恢复了那副嘲讽的神态。他示意克利斯朵夫从自己手中拿走乐谱，随后将胳膊肘撑在钢琴架子上，双手托着脑袋，目光注视着眼前这个年少气盛却又心绪不宁地阐释着自己作品的年轻人。此刻，他不禁回想起自己初入音乐界时的心境，再联想到克利斯朵夫的未来以及等待着他的失望，嘴角不由得泛起一抹苦涩的微笑。

克利斯朵夫说话时眼睛朝下，生怕弄丢了要说的主线。哈斯勒的沉默鼓舞了他。他觉得哈斯勒在看着他，一句也不漏地听他说话，他觉得自己打破了他们之间的僵局，心里很高兴。说完后，他害羞地抬起头，很自信地看着哈斯勒。当他看到那双毫无善意凝视着他的忧郁、嘲弄的眼睛时，所有涌现在他心中的喜悦瞬间就冻结了，他停住了话头。

最终，哈斯勒冷嘲热讽起来："你以为这世界上真有那么多热爱音乐的人吗？"

克利斯朵夫试图抗议，但哈斯勒打断了他。他拿起乐谱，开始严厉地批评起他刚刚赞扬的作品，不仅严厉地挑出了年轻人没有注意到的疏忽、错误、品位或表达上的缺陷，而且还提出了荒谬的批评，这些批评可能是由最狭隘和过时的音乐家提出的，而这些都是哈斯勒曾经所遭受过的、不得不忍受一辈子的痛苦评论。他似乎在拼命抹掉克利斯朵夫最开始给他留下的好印象。

克利斯朵夫吓坏了，没有试图回答。他怎么能回答一个从他尊敬和爱戴的人嘴里说出的他都羞于说出的荒唐话呢？最后，哈斯勒终于停了下来，叹息着说：

"啊！最惨的是没有一个人能听懂你的话！"

克利斯朵夫突然转过身来，把手放在哈斯勒的身上，心中充满敬意地重复道：

"我都懂的啊！"

但是哈斯勒没有反应，或许他的心曾对这个孩子的无助有所动容，但他此刻的眼神却是黯淡无光的，他看着克利斯朵夫，最后还是嘲讽占了上风。他彬彬有礼地、滑稽地鞠了个躬。

克利斯朵夫神志不太清醒，无法理解这种突然的变化，他觉得自己输了。在看起来如此接近胜利的时候，他不能听天由命地接受失败。他不顾一切地想再次引起哈斯勒的注意。他拿起乐谱，试图解释哈斯勒所说的那些有纰漏的地方。哈斯勒向后躺在沙发上，脸色阴郁，始终沉默着。他既不同意，也不反驳，他只是在等他说完。

克利斯朵夫明白自己已经无能为力了。他在一句话说到一半的时候突然停了下来。他卷起乐谱，站了起来，哈斯勒也站了起来。克利斯朵夫既羞怯，又惶恐，嘴里喃喃地说着客气话。哈斯勒微微鞠了一躬，带着某种傲慢的神情，冷淡而又礼貌地伸出手，陪着他走到门口，没有暗示他应该留下来还是再来。

克利斯朵夫麻木地走在街上，他已经完全崩溃了，他漫无目的地四处游荡，经过了两三个路口之后，回到了来时的那个火车站，不幸的是，火车晚点了。起雾了，被雾气笼罩的电灯照亮了夜色，显得此处之外的夜色比以往任何时候都更阴暗。克利斯朵夫变得越来越沮丧，痛苦地等待着时间的流逝。他每小时看十次列车指示器，以确保他没有弄错。当他从头到尾再读一遍以打发时间时，一个地名引起了他的注意。那个地名似曾相识，过了一会儿，他才想起来，那是老舒尔茨曾给自己寄信时留的地址。这位老教授曾经给他写的信是多么亲切而热情啊！在这不幸的时候，他萌生了去看望朋友的想法。可是那个地方并不是自己回家的必经之路，若去那里，自己需要多花费几个小时的时间在路上，另外，他还需要经过两三次的换乘以及无休止的等待。

可是克利斯朵夫不想考虑这么多了，他太需要他人对自己的同情了。他没有给自己时间多想，就发电报给舒尔茨，说他将在第二天早上到达。他刚发完电报就后悔了。他对自己的幻想大笑不已。为什么要去迎接新的悲伤呢？但是现在改变主意已经太晚了。

这些想法填满了他等待的最后一个小时，火车终于来了。他是第一个上车的，他是如此的孩子气。直到火车启动的时候，他才开始重新呼吸，透过车厢窗户，他可以看到小镇在夜雨下渐渐消失了。他想，如果他在里面过夜，一定已经死了。

就在这个时候——大约晚上六点，哈斯勒给克利斯朵夫的旅馆里寄来了一封信。克利斯朵夫的来访激起了他的许多想法。

整个下午他都在苦苦思索这件事，他并不是不同情那个可怜的孩子，他带着如此热切的敬意来到他面前，受到如此冷淡的接待。他为那次接待感到抱歉，并对自己有点儿生气。事实上，他只是这段时间有些心情不好。他想给克利斯朵夫寄一张歌剧院的票，并在演出结束后说几句约好见面的话，以示友好，可是克利斯朵夫错过了，他没有收到这封来信，当然也就没有赴哈斯勒的约。不过哈斯勒也并没有在歌剧院等太久，他以为克利斯朵夫生气了，再也不想见他了。当然他也不想为这件事做出弥补，而这时克利斯朵夫已经走得很远了。

他真的走得太远了，远到他们这辈子都没有再见过面。

老舒尔茨是个喜爱音乐的人，他还有几个同样喜爱音乐的老朋友，他十分喜爱克利斯朵夫的曲子，甚至忍不住去勾勒这个年轻人的模样。他自己性格温和，于是便猜测克利斯朵夫也是个金发碧眼、内向害羞的少年，当他终于见到克利斯朵夫的时候，他仍然十分高兴。

在老舒尔茨这里，克利斯朵夫与他们相谈甚欢，午饭是令人难忘的德国菜展览，朴实的烹饪方式，香料的香味、浓郁的酱汁、鲜美的汤、完美的炖菜、新鲜的鲤鱼、泡菜、烤鹅、素饼、茴香籽和香菜籽面包。克利斯朵夫疯狂地往嘴里塞东西，吃得像个食人魔，他有着和他父亲、祖父一样的强大能力，他们能吃掉一整只鹅，也可以靠面包和奶酪过上整整一周的生活。他很久没有被长辈们如此关心照顾过，舒尔茨既亲切，又彬彬有礼，总是用慈祥的眼神看着他，给他灌了好几杯莱茵河上特有的葡萄酒。这个年轻人才华横溢，又天真烂漫，让几位老人十分喜爱，他今夜就要走吗？不不不，他们想要他多留一天。

舒尔茨突然站起身来，神情十分庄严，激动而缓慢地向他们的客人敬酒。客人的到来给他的小镇和简陋的家带来了极大的欢乐和荣耀，他为他的到来、为他的成功、为他的荣耀、为他衷心祝愿的世界上的一切幸福干杯。然后他又提议为"高贵的音乐"干杯。

说完，他不假思索地开始唱起一首熟悉的歌，两位老人跟着唱了起来，接着又唱了一首关于友谊、音乐和美酒的歌，整个过程伴随着响亮的笑声和酒杯不断碰触的叮当声。

当他们从桌子上站起来的时候已经三点半了，舒尔茨带着克利斯朵夫出去散了步，又请他弹了琴，他如此喜爱这个年轻人，却最终没能留下他。

克利斯朵夫今天过得很开心，舒尔茨使他恢复了自信，于是，他选择了回家。当他走完了车票所能带他走的路后,他悠闲地下了车,步行上路。他有六十公里的路程要走,但他一点儿也不着急,像个小学生一样磨蹭着时间。那是四月,树叶像皱巴巴的小手一样伸展在树枝的末端,苹果树正在开花,在光秃秃的森林上方,柔和的绿色嫩芽开始出现,在一座小山的山顶上矗立着一座古老的罗马城堡。三朵乌云划过柔和的蓝天,阴影笼罩着乡村,阵雨过去了,灿烂的太阳又出来了,鸟儿们唱着歌。

克利斯朵夫发现他遗忘戈特弗里德舅舅已经有一段时间了。他很久没有想到那个可怜的人了,他很诧异为什么现在对他的记忆会如此清晰。他沿着一条倒映着白杨树的运河小路走着,被这件事缠住了,舅舅的形象是如此真实,以至于当他转过一堵土墙时,他好像看到舅舅正迎面走来。

天空变暗了,下起了倾盆大雨,还夹杂着冰雹,远处雷声隆隆。他在这个村庄里避雨,却无意间发现了舅舅的墓,克利斯朵夫想,他也应当像舅舅一样,该出门远行了。

他来到德国边境,在一个村子里,认识了一个名叫洛金的女孩。这天,村子里正在庆祝节日,克利斯朵夫走进了一家歌舞店,大厅内充斥着烟雾与酒香,墙上的画像被橡树叶环绕,在舞池中旋转的人群里,他一眼便望见了洛金。洛金正与舞伴跳华尔兹,眼波不时掠过克利斯朵夫,又故意和村中的青年打闹。克利斯朵夫既气恼她的卖弄,又忍不住陷入她的把戏。

一旁，洛金的父亲，一个矮胖秃头的老头儿，正叼着烟斗冷眼看着克利斯朵夫，随后晃到他的桌边攀谈。老头儿恳请克利斯朵夫为他向大公爵推销农产品。克利斯朵夫惊讶于老头儿的消息灵通，却无奈告知自己早已失去了大公爵的信任。老头儿仍不死心，列举克利斯朵夫曾接触过的上流家庭，但这一切都没有用。

夜幕降临时，大厅里突然闯进了十几个大兵。他们蛮横地挤开人群、掀翻桌子，众人敢怒不敢言，唯有克利斯朵夫紧握着拳头。这些大兵时常欺负村里人，与众人积怨颇深，而带头的班长正是上周打伤村里人的元凶，此刻他正在出口辱骂跳舞的人们。克利斯朵夫死死地盯着他，时刻准备进攻。

当大兵强拉姑娘们跳舞时，冲突爆发了。洛金拒绝与班长共舞，被对方按在墙上扇耳光。克利斯朵夫怒火冲天，抄起凳子砸倒班长，瞬间引发了混战。酒杯横飞，桌椅翻倒，村里人长期积压的愤懑化作拳头与棍棒，有人用热灰迷了大兵的眼睛，有人用铁叉戳了大兵的肚子。最终大兵惨败而逃，扬言要报复。

得胜后，人们围着克利斯朵夫欢呼，洛金更是握住他的手傻笑。但当大家看到三个重伤的大兵时，气氛骤然变了。有一个大兵一动不动地躺在地上，死了。事态变得严重起来，洛金的父亲率先发难，指责克利斯朵夫惹祸，众人立刻跟风，将罪责全推到他身上，叫嚷着"是他先动的手！"

克利斯朵夫震惊地看着这些方才还共同战斗的人，这时，洛金挺身而出。她尖声怒骂众人胆小忘恩，揭露父亲踩踏伤兵、有人持刀参与的事实，甚至威胁要告发所有人。村里人被她的泼辣镇住，争吵声渐渐弱了下来，洛金的父亲使眼色让众人闭嘴。

克利斯朵夫站在那儿发愣，仿佛没有听见大家对他的议论，不过他很感谢洛金为他说话。现在该怎么办？他为村里人打抱不平而引发了冲突，那些大兵不会放过他的。

不能再留在德国了，否则他一定会完蛋的，可是，母亲怎么办？经此一别，或许这辈子他们再难相见了。克利斯多夫不知道接下来的路该如何抉择。

如果留下来，他就会被判刑，然后坐牢。他不想远离自己的母亲，她已经那么老了，可是留下来又能怎么办呢？一个坐牢的儿子能带给她什么呢？她还是一个人孤苦无依。时间紧迫，克利斯朵夫只能匆忙写下一封信。

亲爱的妈妈：

原谅我吧！我知道我给您带来了巨大的伤害，但我实在是没有其他办法了。我没有做任何违背道德的事情，可是现在我不得不远离家乡，到远方去，送信给您的人将告诉您一切。因为我犯的错误，现在不得不过上逃亡的生活。可是我实在是放不下您，我不知道该怎么办了，所以请您为我决定吧。您要是实在忍受不了与我分别，您就告诉我，我一定会听您的话。

约翰·克利斯朵夫

他写下自己的名字，将信交给洛金，然后登上了火车。

克利斯朵夫最终收到了母亲的回信，是洛金派一个小姑娘带给他的。与她分别之后，克利斯朵夫打算读一下这封信，拆信的时候，他的双手一直在颤抖，好在最终，他还是将信拆开了。

信中写道：

亲爱的孩子，不要担心我。去你想要去的地方吧，我相信上帝早就将一切安排好了。不管怎么样，我都希望你永远幸福。

妈妈

克利斯朵夫拿着信，坐在行李箱上哭了起来，等他终于调整好心情，提着行李箱，带着希望登上了开往巴黎的火车，他想，只有在那里，他才能得到救赎。

市　场

到达巴黎之前，克利斯朵夫便将自己的纽扣尽量扣好，行李箱也放到了自己身边的座位上，因为这样能够避免遭到扒窃，可是自己的动作却影响到了身边的其他乘客，这些乘客对克利斯朵夫发出不满的声音。当火车停在一条黑漆漆的隧道时，克利斯朵夫想要找个人聊聊天。可是车厢中的人看起来都十分冷漠、死气沉沉，这让克利斯朵夫十分郁闷。他只好靠在自己的行李箱上闭目养神，直到火车到达巴黎。

巴黎比克利斯朵夫想象得更加混乱，当他走下火车，站在巴黎的街头时，看到一片嘈杂，人群密集，到处都是咖啡馆和酒馆，喜剧演员的怪诞照片，游荡的流氓、卑鄙的乞丐，还有妖艳的女人走过来向他搭讪，他被这一切吓呆了。他在河边走着，雾气越来越浓，他感到一阵头晕，他已经很久没吃东西了，也不想吃什么，只是觉得头疼恶心。

马车从身边呼啸而过，一匹马在湿滑的路面上摔倒了，车夫毫不犹豫地鞭打那可怜的畜生，让它爬起来继续赶路。可怜的马儿被马具压住了，挣扎着又摔倒，躺在那里一动不动，就像死了一样，这平常的一幕却突然触及了克利斯朵夫的心灵，使他在这成千上万的男男女女中痛苦地感到自己的微不足道。近一个小时，他心中一直有种窒息的厌恶感，他对所有人类、野兽的厌恶，对肮脏气氛的厌恶，对道德上令人反感之人的厌恶,这股感情在他心中爆发得如此猛烈,使他无法呼吸了。他突然大哭起来,过路的人惊讶地看着那个悲伤得脸都扭曲了的高个子年轻人,指指点点。

他大步走着,泪水顺着脸颊流下来,他没有试图擦干它们。若是泪水没有模糊他的双眼,他觉得自己准会看到巴黎人对他的讥讽和嘲笑,但他哭得什么都看不见。他在广场上的喷泉中洗了把脸,冰冷的水让他苏醒过来,再次鼓起了勇气。

旅馆中,发烧和头痛困扰着他,但比那更激烈的是绝望。半夜,他被绝望压得不知所措,惊醒过来,痛苦得几乎要喊出声来,他把被子塞进嘴里,以免被人听见,他觉得自己快要疯了。他从床上坐起来,点上灯,然后汗流浃背地站起来,从包里找到了一本陈旧的《圣经》。

克利斯朵夫从未读过这本书,但在那一刻,这本书对他来说是一种难以言喻的安慰。这本书曾属于他的祖父和祖父的父亲。一家之主在最后一页纸上写下了他们的名字和他们生命中重要的日期——出生、结婚、死亡之类。他的祖父用铅笔在他读了很多遍的某一章上写下日期:这本书上满是发黄的纸做的标签,老人在上面草草写下了他简单的想法。这本书过去常常放在克利斯朵夫床边的架子上,他经常在漫长的不眠之夜把它拿下来,与它交谈,而不是阅读它。它一直陪伴着他,就像祖父陪伴着他一样,直到去世的那一刻。这本书的每一页都饱含着这个家庭一个世纪的喜怒哀乐。手里拿着它,克利斯朵夫觉得不那么孤单了。

西奈半岛的风从辽阔而寂寞的海上吹来,浩瀚的大海卷走了瘴气,

克利斯朵夫的高烧退了。他又平静了下来，躺下来安详地睡到第二天。当他再次睁开眼睛时，已经是白天了。他比以往任何时候都更加强烈地意识到房间里的恐怖：他感到自己孤独又不幸，但他决心面对它们。他把约伯的话念了一遍：

即使上帝杀了我，我也会相信他。

他站起来了。他已经做好从容面对战斗的准备。

尽管如此，在巴黎求生也是不容易的。他在这里只认识两个人，一个是奥托——他十四岁时结识的好友，尽管在奥托离家上大学后，他们就逐渐疏远了，但他仍然满怀希望地去找了他。

长久的等待之后，他见到了这位老友。记忆中那个羞怯漂亮、喜爱诗歌的少年变成了银钱铺里的胖商人。见面时，奥托第一个反应就是不能让这个通缉犯占了自己的便宜，因而他十分爽利地表示，愿意给他五十法郎，用作童年友谊的祭奠。

克利斯朵夫面色赤红，吓得奥托以为他要打自己一顿，但这个少年时的好友只是吐了一口口水，然后便走出了银钱铺。

他的第二个熟人是犹太出版商西尔万·高恩，他们是小学同学，西尔万以前总喜欢捉弄克利斯朵夫，而克利斯朵夫只要中了招，就会动手揍他。不过，西尔万从不还手。每当被揍，他就在地上打滚儿，弄得满脸满身都是灰尘，还哭鼻子。可即便如此，他也没改掉恶作剧的毛病，反而变本加厉，没完没了地捉弄人。直到有一天，克利斯朵夫一本正经地说要宰了他,他才被吓得再也不敢调皮捣乱了。如今的西尔万身材矮小但魁梧,胡子刮得干干净净,像个美国人,他的皮肤太红了,头发太黑了,还有一张厚重而粗暴的脸,相貌粗糙,看起来有点儿急躁,眼睛周围布满皱纹,嘴巴歪歪扭扭的,脸上时刻挂着狡猾的笑容。他衣着时髦,这是为了掩盖自己高肩膀和宽臀部的缺陷。如果他能再高几英寸,身材好一点儿,他会很乐意忍受任何侮辱。除此之外,他对自己非常满意,认为自己是个名利双收的成功人士。

克利斯朵夫原本不抱什么希望,他和西尔万可没什么交情,之前因为在杂志社写评论的原因他们甚至还交恶过,但现在西尔万热情地接待了他。

"你是从德国来的吗?你母亲好吗?"他问道,那种自来熟在其他任何时候都会使克利斯朵夫感到恼火,但现在,这让他在这个陌生的城市里感到很舒服,他十分诚恳地讲述了自己的困境,他需要在巴黎有一块立足之地,他现在觉得西尔万是个相当可靠、可以依赖的人。午餐时,他像一个两天没吃过饭的人一样狼吞虎咽,他把餐巾围在脖子上,用刀子吃东西,这副模样把西尔万吓了一跳,而克利斯朵夫满心欢喜和自视甚高的模样又激怒了他。

西尔万原本是个不记仇的人,但他现在感觉无法忍受克利斯朵夫这种直率得近乎粗鲁、自说自话的人了。当然客观点儿说,能忍受克利斯朵夫的人本就很少。

在请他吃过这顿丰盛的午餐后,西尔万借口有事便回报社了,临走之前,他信誓旦旦地让克利斯朵夫等他的消息,他要为克利斯朵夫谋一个好职位，不过回到报社后，他立刻告诉职员，那个人如果再来找他不用帮他通报。

克利斯朵夫听说西尔万出门了，便在旅馆耐心等了三天，他的盘缠不足，每天只能吃一顿饭，因此第四天，他忍不住跑去找了西尔万，还正好将西尔万堵在报社里，西尔万实在没办法，只好将他带去介绍给一位音乐出版商。

这位音乐出版商很欣赏这个德国人的才华，却不肯放下傲慢的架子，他给他提供了一个改编乐谱的编辑工作，这种工作一般来说是给初学者准备的，克利斯朵夫怎么受得了这样的侮辱，他气得离开了出版商的家，而后不得不在旅馆老板的介绍下，为隔壁屠夫的女儿教钢琴，工资为每小时一法郎。

不过这份工作很快也就丢了，他实在不是个有耐心的人，一次和小姑娘大吵一架之后，他被赶出了肉店，那一条街上的街坊邻居都知道这个粗鲁的德国人是个会打小孩的恶魔。

走投无路的时候，他又一次遇到了西尔万，西尔万对上一次在音乐出版商那里遭遇的尴尬事没怎么放在心上，他是个怒气来得快、去得也快的乐天派，现下看到克利斯朵夫这么狼狈，又觉得他的确是个老实人，便起了怜悯之心，带他去饭店参加了一个聚会。

在饭店里，饿了两个星期的克利斯朵夫大吃大喝，对那些时尚的巴黎青年们的话题充耳不闻，他们看起来在聊思想、聊时事、聊政治和人生，但他们总会将话题转到各种香艳下流的八卦上去，这样庸俗的空气让克利斯朵夫无心多待，他吃饱喝足后原本想离开，却看到了饭店角落里的一架钢琴。

克利斯朵夫坐了上去，旁若无人地开始弹奏，他没注意到有两个人悄悄地走过来听他弹琴，其中之一是西尔万，尽管没有品位，但西尔万热爱音乐，什么样的音乐他都听得很开心。另一个是叫丹沃斐的胖子，说来有趣，这个胖子是个相当有名的音乐评论家，但他也不懂音乐，他更懂读者，读者们也喜欢他，读者们早就受够了行家们的颐指气使和云里雾里，不想再跟行家打交道，而跟丹沃斐打交道是不用多费心的。

丹沃斐的诀窍是经常找音乐家聊一聊，把能听懂的部分记下来，这样学习几个月便精通了，不仅有了权威，还有了名声。此刻他听到克利斯朵夫弹琴，虽然觉得云里雾里，但仍然感觉到这位青年是有真才实学的，决定要认识一下。

几天后，西尔万便请克利斯朵夫来自己家弹琴，他有一架钢琴，从来不用，只当作摆设，克利斯朵夫十分高兴，由此又成了西尔万的座上宾。西尔万经常请客人来听他弹奏，不过他们总是不能安安静静地听音乐，总是不停地高声大笑，这也算是世人的通病吧。

在西尔万和丹沃斐的带领下，克利斯朵夫融入了巴黎的艺术圈，他憎恨虚伪，却惊讶地发现这里的艺术更加虚伪，他们歌颂不存在的英雄主义，用艺术来掩饰他们的荒诞，音乐和诗歌在巴黎变成了享乐的工具。

当他跟着西尔万，充满怨气地离开剧院的时候，他嘟嘟囔囔："一定还有别的东西。"

"你在找什么？"西尔万问。

"我在找法兰西。"

西尔万大笑起来："我们就是法兰西啊。"

"不。"克利斯朵夫固执地说，"它不在这里。"

在巴黎的沙龙中，少不了女性的身影，克利斯朵夫免不了观察一番。巴黎的妇女个子不是很高，不管什么年龄，都打扮得年轻娇嫩，她们染着头发，漂亮的头上戴着一顶大帽子；她们五官整齐，但脸部肌肉却过度丰满；眼神敏锐，却没有任何深度；嘴唇十分优雅，却总是将其藏起来；鼻子精致，却又没什么特点。她们是优雅的小动物，关注爱情和阴谋，也不会忽视公众舆论和她们自己的家庭事务。她们很漂亮，但她们不属于任何种族，在这些彬彬有礼的女士身上，有一种受人尊敬的女性品位，既有堕落的，也有小心翼翼的，她们身上带着自身所在阶层的一切传统：谨慎、节俭、冷漠、利己，对快乐的渴望与其说是源于大脑的好奇，不如说是出于感官的需要。她们总是用手掌拍打自己的头发或礼服，使自己随时看起来都美丽得体，当然，她们也会设法坐下来，这样才能在手镜中欣赏自己，或者观察其他女人。甚至在喝茶或吃晚餐的时候，那些汤匙、刀子、银色的咖啡壶，也能被她们当成镜子，偷看一下自己的妆容是否无懈可击。她们的用餐标准十分严格，尽量只喝水，不吃任何妨碍美貌的食物。

西尔万的沙龙中，犹太人居多。克利斯朵夫有时觉得，这些围坐在摆满食物、鲜花和酒的豪华餐桌旁的冷酷面孔下都隐藏着罪犯的影子，他们是银行家、军火商、工程师、奴隶贩子之流，此时却彬彬有礼地坐在女士身旁大献殷勤，拿贝多芬当成时髦的聊天话题。

谁能想到，贝多芬的名字在巴黎的沙龙中会被如此轻佻地说出口？他们频频地讨论他，说他若生在此时，一定能靠那张狮子般的脸和络腮胡成为一个红人。妇女们又十分感伤地暗示，若他生在此时，她们一定会照顾他、怜爱他，绝不会让他那样伤心落魄。还有些社会人士也扬言，若是贝多芬在他们面前，他们一定会慷慨解囊。然而在克利斯朵夫看来，如果贝多芬活着，他们一定会用石头砸死贝多芬。他咬紧牙关，不让自己说出任何离谱的话，整个晚上都坐立不安。他不能说话，也不能保持沉默。在他看来，说话既不是为了娱乐，也不是出于必要，而是出于礼貌，他甚至不知道如何在不说话的情况下保持礼貌。但现在，不说话只是为了不破口大骂而已。

他需要这里来为他的物质生活提供一点儿保障，但他的心灵无法忍受这里。

他在一个名叫高兰德的女孩家里为她上课，高兰德是个漂亮的法国姑娘，家里十分有钱，受到许多男士的爱慕。她风情万种，见到克利斯朵夫这个粗鲁而冷淡的德国音乐家竟然完全没有多看她一眼，自然感觉愤恨。

当然，如果他真的来追求她，她也不会接受，但她此时却铆足了劲儿想要吸引他的注意。

至于克利斯朵夫，他对这个小姑娘娇滴滴的模样没什么想法，他已经在巴黎待了一段时间，却还在为了面包而奔波忙碌，他得费尽心思，把他的生命和思想安置起来，根本没心思和轻佻放荡的女学生玩什么恋爱把戏,这位十八岁的姑娘和她十二岁的表妹葛拉齐亚,在他看来没有两样,那个十二岁的小姑娘老实听话,勤学苦练,他还能更看重一些。

在高兰德的追求者当中,有一位特别受她喜爱,也特别受克利斯朵夫厌恶的男子,名叫吕西安,是个暴发户的儿子,同时也是个作家。他彬彬有礼,举止潇洒,酷爱冷嘲热讽。在克利斯朵夫看来,他在用巧妙的文笔分解美德,分解那些古老而美好的东西,以及那些纯洁的、健全的、普世的观念。但对于吕西安来说,他有的是办法让这个音乐家吃瘪,他的手腕比克利斯朵夫高明得多。

果不其然,克利斯朵夫在巴黎逐渐站稳脚跟后,又开始了和其他音乐家的争吵,他无法克制自己的脾气,并且一定要将自己的观点表达出来,他甚至会和剧院争吵,和乐团争吵,当然,巴黎人绝不喜欢这样一个会侮辱他们品位与潮流的人。

在克利斯朵夫的《大卫》上演后第二天,所有报社立场一致,将这个怪诞的德国人骂得体无完肤,巴黎人一致认为他得到了公正的审判。然后,他又一次被完全孤立了。克利斯朵夫又一次发现自己孤身一人,在这个充满敌意、陌生的大城市里,他比以往任何时候都更加孤独。他并不担心这件事。他开始想,他命中注定会这样,而且一辈子都会这样。他不知道伟大的灵魂从来都不是孤独的,无论命运如何欺骗他,伟大的灵魂最终还是会通过充满爱的光辉创造朋友,即使在他认为自己将永远与世隔绝的那个时刻,他也比世界上最幸福的男男女女更富有爱的滋味。

那位与表姐一起学琴的少女葛拉齐亚对克利斯朵夫很有好感，因此，她离开巴黎后，还给克利斯朵夫写过一封未署名的信，劝他不要灰心，可惜那封信遗失了。

十二月里一个寒冷的下午，草地上结了一层霜，颜色深深浅浅的屋顶在雾中闪闪发光，树木露出了它们那些冰冷、扭曲、光秃秃的树枝，在雾气的笼罩下看上去就像海底的海草。克利斯朵夫被冻得哆哩哆嗦地走进卢浮宫，虽然对那里几乎一无所知，可他没地方去，他既没钱去听音乐会，也没有工作来糊口。

在此之前，绘画从来没有给过他多大的感动。他太专注自己的内心世界，无法把握色彩和线条的世界。实际上，绘画能通过音乐的节奏对克利斯朵夫产生作用，并且能与他产生很好的共鸣。毫无疑问，他的眼睛没有耳朵那样有天赋，因此，他错过了光明世界的女王，错过了法国最优美的、最自然的魅力。即使对绘画感兴趣，克利斯朵夫也太德国化了，无法适应这种截然不同的事物。他不是当代德国人中的一员，他以为自己钦佩和热爱法国印象派或十八世纪的艺术家，甚至确信自己比法国人更了解这些艺术家。克利斯朵夫也许是个野蛮人，但他很坦率，他看不懂法国画中那种丰富而灿烂的和谐之美，欧洲的古老文明就像一个时而醉人、时而令人伤感的梦，对他来说是陌生的。巴塞尔的勃克林是唯一一位令他在德国时就甚为着迷的现代画家，克利斯朵夫还记得他受到那个野蛮天才冲击时的震惊，他认为那个天才带着泥土的味道，带着斗兽英雄身上的味道。他的眼睛已经习惯了那醉醺醺的野蛮人疯狂涂抹的彩色线条，因此很难适应法国艺术优美和柔和的色调。但是他既然来到了异国他乡，就总会被这里潜移默化。

那天晚上，克利斯朵夫在卢浮宫的各个房间里转来转去，心里有些感触，却又说不出来。他又冷又饿，疲惫不堪，他默默地走在埃及的狮身人面像、亚述的怪物、波斯波利斯的公牛、帕利西的蛇中间，仿佛进入了一个神奇的世界。

在那之后，他一直过着隐居的生活，那位西尔万介绍的音乐出版商虽然傲慢，但还是给了他工作，让他得以养活自己。半年之后，某位议员夫人邀请他参加一个音乐会，他犹豫再三，还是去了。

在那个聚会上，他看到一双双浑浊的眼睛，那是他已经见惯的、老谋深算的巴黎人的眼睛，只有一个陌生的青年引起了他的注意。他有一双害羞又天真的诗人眼睛，那是地道的法国人眼睛，让他感到极其的熟悉。

克利斯朵夫走了过去，想同青年结识，而青年看到他走过来，立刻害羞得手足无措。

"你不是巴黎人吧？"他开口问道。

"的确不是。"青年十分不好意思地说，"我很喜欢您的音乐。"

议员夫人走了过来，为他们彼此做了介绍，那位青年叫奥里维·耶南，是个诗人，同时也是位音乐家，他们就这样成了朋友。

安东内特

奥里维的故事十分简单,他的故乡是法国中部的一座小城,那座小城的气候非常潮湿,空气中总是弥漫着一股阴郁的味道,到处都是大差不差的风景,田野、草地、小溪、树林……那里没有什么名胜古迹,也没有出过什么历史人物,但奇怪的是,居住在那里的人总是对家乡怀揣着一种难以割舍的情感。奥里维出生于那座小镇的一个旧贵族家庭,他有个姐姐,叫安东内特,父亲是个银行家,因此家中十分富足。

安东内特长得十分漂亮,她有着一头漂亮的金色头发,鼻梁高挺,眼神灵动,额头光洁又饱满。安东内特是一个十分乐观且积极向上的女孩,但是他的弟弟奥里维却不一样,奥里维是一个十分内向的小男孩,他总是一个人待在一处,没有什么朋友,也不像其他同龄的男孩子那样调皮捣蛋。他不喜欢打架,也不会在与其他孩子发生冲突时反击,甚至别人只要稍微跟他说两句重话,他都会难过得流眼泪。不过奥里维虽然没什么朋友,却并不孤单,因为他的内心世界十分丰富,按照其他人的话来说,奥里维是一个喜欢做白日梦的男孩。安东内特和奥里维本应是世界上除父母之外最亲密的人,但由于两个人的性格相差甚远,总是很难玩到一块儿去,久而久之,两个孩子也就渐渐疏远了,当然,他们还是关心和深爱着彼此。

对于两个孩子来说，他们每年最期待的日子，就是去离家不远的乡下度过一段慵懒而快乐的时光，在那里，两个孩子能够尽情地沉浸在自己的幻想世界当中。奥里维脑海中的那些幻想大多来自他所看过的那些故事书，他想象着自己能够像奇幻故事中的那些男主人公一样，毫无牵挂地浪迹天涯。他会跑到一个完全看不见家的地方，这样一来，他就好像是身处远方一样——即使他内心清楚，他离家还没有十公里，但那又怎么样呢？他反正也没有勇气远走他乡，所以只要想想，他就已经感到很快乐了。

而安东内特呢？她同样能够找到独属于自己的快乐。她仿佛是一只无忧无虑的快乐小鸟，总是趁大人们不在的时候偷偷摘下一两朵玫瑰花，又或者爬到树梢上，将那些看起来已经熟透了的果子从树枝上摘下来。当然她最喜欢的，还是脱掉自己的鞋袜，小心翼翼地走进溪水中，溪水并不深，只能没过安东内特的小腿，安东内特非常喜欢溪水流过自己的小腿，偶尔触碰到自己膝盖的那种感觉。有时，她会采许多漂亮的野花，仔细地将它们编成花环，然后戴着自己精心编制的花环在树林间旋转、蹁跹，想象着自己是一只自由、漂亮的花间精灵。有时候，她在草丛中发现了奥里维的身影，她就会放轻自己的动作，由于之前脱下了鞋袜，所以她不需要费多少心思就能悄无声息地接近奥里维，当她离奥里维足够近时，她便会大笑着扑到奥里维的背上，任凭奥里维怎么甩也甩不掉。有时候，奥里维也会坐在树上，无法扑到弟弟背上的安东内特还会有更好的恶作剧方式，她会跑到树下，用尽全身的力气摇晃弟弟所在的那棵树的树干，直到奥里维抱紧树干被吓得哇哇大叫。

童年的时候，两个孩子对于音乐并没有太多兴趣，他们与音乐的接触仅止于音乐会以及在客人面前翻来覆去地表演的那几首经典钢琴曲。最开始的时候，安东内特还很愿意在客人面前弹奏钢琴，因为能获得大家的夸奖，但千篇一律的夸奖词听多了之后，安东内特不免产生了厌恶的心理。与安东内特不一样，奥里维对于晚餐上的表演从始至终只有厌恶这一个态度，这让他感到既惶恐，又丢脸。可是，世界上大部分的父母都不会与小孩子换位思考，奥里维的父母也是一样，他们强制要求奥里维在众人面前弹钢琴，若是奥里维反抗，他们便会抽奥里维的耳光。于是奥里维只能怀着抗拒但又无可奈何的心情将钢琴曲弹得乱七八糟。

两个孩子就在这样的生活中渐渐长大，在安东内特十六岁时，已经长成一个美丽又落落大方的姑娘，不少青年才俊都想要娶她。但安东内特十分有主见，并没有被花言巧语打动。最终，她看上了一位家境十分殷实的贵族小伙子，那个小伙子长得高大英俊，总是用笨拙的方式打听安东内特的消息，安东内特很快便被这位有点儿傻气的小伙子吸引了。可是就在两家准备结亲的时候，安东内特家出事了。

在安东内特怀着对婚姻的向往，即将踏入婚姻的殿堂时，一位来自巴黎的企业家出现了。他向安东内特的父亲借了一大笔钱——这位企业家吹嘘自己的生意，他告诉安东内特的父亲，自己将做成一笔大生意，只是现阶段需要很多资金。一开始，安东内特的父亲还保持着应有的理智，可是这位来自巴黎的企业家带着他做了几笔生意，小赚了一些钱后，这位银行家便有些晕头转向了。最终，他将自己所有的钱，以及客户存进银行里的钱都借给了这位来自巴黎的企业家。

可是，人生哪能一帆风顺，生意失败了。得知这件事情的银行家慌慌张张地跑到巴黎，想要弥补自己的损失，但一切都已经来不及了，他破产了。在一个十分普通的夜晚，安东内特的父亲用一支枪抵住了自己的脑袋，扣动了扳机。安东内特的父亲去世了，可是他欠下的债务并没有消失，安东内特的母亲不得不将自己丈夫名下的所有财产以及自己的嫁妆变卖了来偿还债务。可还是杯水车薪，不得已，安东内特的母亲将手上所有的财产变卖了还债，之后便带着两个孩子，逃往了巴黎。

安东内特母亲的姐姐住在巴黎，她满怀希望地认为姐姐能够收留自己与一双儿女，可是，对方根本没想帮自己落魄的穷亲戚。最后一丝希望破灭了，但生活还要继续。安东内特的母亲为自己与两个孩子租了一间小屋子，屋子十分破旧昏暗，窗外挤满了形形色色的大人和邋里邋遢的小孩，但胜在租金十分便宜。可即使再便宜，钱也还是会越来越少。这个时候，安东内特向母亲提出自己想出去当一名家庭教师，这样能稍微补贴一下家用，可是安东内特的母亲不同意，在她看来，安东内特工作的地方让她丢了脸面。屋漏偏逢连夜雨，奥里维由于状态不好，在一次考试中失误，失去了获得助学金的资格。

后来，安东内特的母亲走了很多关系，求了很多人才终于找到了一份收入微薄的工作——在修道院里教钢琴。可是，她很快发现，钱还是不够用，没有办法，她又不停地找兼职，加班干活儿。安东内特看在眼里，十分心疼，她反复求母亲让自己出去工作，可是母亲都拒绝了，或许在母亲心里，家里只要有一个人受苦就够了。由于长时间的疲累，安东内特母亲的身体越来越糟糕。她本身就有心脏病，应该好好休养，可是生活的重担她只能自己扛。在安东内特生日的前一天，这位母亲打算为女儿买一件生日礼物，可在挑选礼物时，她的钱包被偷走了。这成了压死骆驼的最后一根稻草，几天之后，一个闷热的夜晚，她终于支撑不住，倒在了餐桌旁，再也没有爬起来。

母亲下葬之后，安东内特收拾好心情，将母亲身上的担子放到了自己的身上。一开始，奥里维不愿意自己的姐姐出门工作——他始终记得母亲的话，可是安东内特安慰他："我凭自己的双手吃饭，没有什么见不得人的。"安东内特拉住弟弟的手，恳切地告诉他，"母亲已经吃了那么多苦了，我们不能让她所做的一切白费，我们家总要有一个人能够获得幸福吧。"

"我们真的能够获得幸福吗？"奥里维十分绝望。可是安东内特的眼中闪着光，那是确信与坚定的光："会的，我们吃的苦已经够多了。"

安东内特来到母亲曾经工作的地方——修道院，继续担任音乐教师。当然，想要让奥里维完成学业，这点儿收入还远远不够，她不停地找活儿干，将自己的业余生活完全塞满。她将自己作为普通女孩的幻想完全抛之脑后，从此以后，她唯一的目标，就是将自己的弟弟抚养长大，这一年，她还不到十八岁。奥里维十分愧疚，他明白，只有自己顺利完成学业，姐姐的牺牲才有意义。两个孩子都在为未来的幸福努力着，与此同时，母亲生前欠下的债务也不能忘了还，因为这关乎他们一家人的尊严。

这个少女用了三年时间，靠拼命工作和百般节省还清了母亲留下的所有债务，她甚至还为弟弟租了钢琴，让他接受完整的、最好的教育，不用他出门做工赚钱。对于安东内特这样的女孩子来说，她生命中鲜少有什么娱乐可言，音乐是她唯一的慰藉。姐弟俩经常冒着霜雪去听音乐会，在音乐中，他们受伤的心灵与孤苦的灵魂也得到了抚慰。

有时候两个孩子也会在家里弹钢琴，回想起之前在客人面前表演钢琴的时光，安东内特恍惚觉得那已经是上辈子发生的事情了。现在，她已经很少弹钢琴了，因为相比之下，她更喜欢倾听。她经常边听奥里维弹钢琴，边洗碗，等她将厨房都收拾干净之后，她又会悄无声息地走到奥里维身后，在壁炉旁边蜷缩着躺下，这个姿势让她感到既安全又舒适。等到时间渐渐推移到晚上九点，就是姐弟俩梦醒的时刻了。弟弟还要为自己的学业继续努力，而自己也还有许多活儿要干。除了弹钢琴，姐弟俩也喜欢窝在房间里看书，他们有时候会不约而同地读起同一本书，然后又心照不宣地哈哈大笑起来。若是时间再晚些，他们便会捧着书慢慢交谈，将自己内心最深刻的心事倾诉给对方听。其实，大部分时候都是奥里维说，安东内特听，她听得很认真，然后用自己的方式慢慢开解弟弟。奥里维知道，自己的姐姐从小到大都是一个乐观积极的女孩，这世上很少有事情能让她烦恼，他怀揣着这样的心思，倾吐着自己内心的压力以及迷茫，他知道，他能通过这样的方式，从姐姐那里获得源源不断的力量。可是他忘了，如今的安东内特早已不是之前那个无忧无虑的银行家小姐了，她现在所有的开朗都只是为了不让敏感的弟弟伤心而刻意伪装出来的假象。就这样,两个孩子相依为命,互相扶持,日子过得既艰难又温馨。

与此同时,这位少女仍然有许多男人追求,只不过她的身份变了,那些追求者的目的也就变了,她不断地受到骚扰,只能用离群索居来保护自己。

那段时间,安东内特曾经差点儿步入婚姻,有个十分和气的中年男子想要娶她,她知道这是一件难得的事。在法国,人人都清楚婚姻与其说是两颗心灵的相爱,不如说是一笔交易,若是女孩没有一笔可靠的嫁妆,任凭她性格如何可爱,或者是有怎样的青春魅力,都不可能有一门好姻缘。所以当那个男子求婚时,她短暂地动心了。

但这无法给她带来幸福,安东内特若是嫁给他,就必须跟着他离开巴黎,但她的弟弟还在这里上学,她发誓要让弟弟接受完整的教育,她就这样错过了这段好姻缘。

再后来,安东内特找到一份工作,她要去德国一个家庭当家庭教师,教授孩子们法语,这份薪水可以支付弟弟所有的食宿费用。但在那个德国小城,安东内特得不到雇主家的尊重——他们认为既然雇了这个女教师,那她就没什么隐私可言,无论是她的信件还是思想,他们都可以随意翻看——因此她更加孤独,除了弟弟的信件,她唯一的心灵依靠就是音乐。

那天夜里,小镇上来了一个法国剧团,她想去听一听法语,她已经很久没见过家乡的人,也没听过家乡话了,但当她匆匆赶到剧院的时候,所有的票都卖光了,只有一个音乐家邀请她同坐在一个包厢里看剧。

那个人就是克利斯朵夫，看剧的时候，他的粗鲁和憨直、慷慨和豪爽都被她看在了眼里，尽管在那之后，这件事被添油加醋，在小城内传得满城风雨，她也因此被雇主辞退，但她却一点儿都不恨克利斯朵夫。

她记住了那个人的名字，而后回到了法国。

奥里维考上了巴黎大学文学院，那一天，安东内特终于完成了她发誓要承担的责任，这个辛苦工作了六年的少女，身体已经大不如前。在把弟弟送去大学后，她孤独地生活在黑暗中，身边没有朋友，没有爱情，没有任何支撑她的动力——直到她又一次看到了克利斯朵夫的演奏。

当她看到他时，血液在她的心脏里沸腾。虽然她那双疲惫的眼睛只能透过迷雾看见他，但当他出现的时候，她毫不怀疑：他就是她在德国那段不幸的日子里认识的那个年轻人。她从来没有在弟弟面前提起过他，甚至内心也几乎没有承认过他的存在。从那以后，她开始焦虑起来。她是一个循规蹈矩的法国女人，任何无法追根溯源的模糊感情在她看来都是毫无意义的。但她又控制不了自己内心的感情，因此她感到十分恐惧。她借了弟弟的眼镜想看清克利斯朵夫。她看见他侧身站在指挥台上，她认出了他那副全神贯注的表情。他穿着一件很不合身的旧上衣，他的观众们讨厌他，演奏时，他们不停地嘘他，然后他大发雷霆，与他们大吵一架，怒气冲冲地离开了。

那天之后，奥里维带来了一本音乐集，那是克利斯朵夫所著，在扉页上，他写了一行字：献给因我而蒙受不白之冤的人，并在后面标明了具体时间。

那个时间，正是安东内特在德国小城与他在同一包厢看戏的日期。

她感觉心跳得越来越快，再也无法支撑住自己，她就这样倒下了。她闭上眼睛，按着胸口，想自己的事情。到了半夜，她终于起身决定写一封情书，那时她已经开始发烧了。

星期天，奥里维回来看望姐姐，发现她已经病得很重了，她得了急性肺炎，医生说很难救治，她却十分安详满足，她已经将奥里维拉扯长大，可以安静地走了。临终之前，她将自己脖子上的银质圣牌拿下来，送给了弟弟，而后就平静地去世了。

许多奥里维认识的或是不认识的街坊邻居都来她的葬礼帮忙，他们许多人都听说过这个姑娘的故事，了解她纯洁善良、顽强坚韧的品行，但他们谁也不知道，安东内特曾经爱过一个人。

只有收拾姐姐遗物的奥里维发现了这封信，以及克利斯朵夫的名字，这时他才知道，原来他喜欢的那个音乐家，也是姐姐暗恋的人。

那天晚上，在客厅中，也许是姐姐的灵魂指引着奥里维，让他同克利斯朵夫结识，并让他在一段时间后，知道了这个浪漫而凄凉的故事。

楼 里

  克利斯朵夫和奥里维很快结成了挚友，他们一样爱好音乐，一样爱好幻想，还一样贫穷，为了省钱，两个人合租了一套公寓，那套公寓有三个小房间与一个厨房，正好在一座老房子的六楼，视野非常开阔，能看到前方修道院新修建起来的一个小花园。克利斯朵夫自然而然地承担起了安东内特的角色，对奥里维十分照顾。在这样艰难的处境中，犹太人泰台·莫克帮了他们不少忙。这位犹太人是做艺术照相馆生意的，经常帮他们拉些活计，要么为奥里维介绍点儿写文章的活儿，要么为克利斯朵夫介绍个学生，这个犹太人同克利斯朵夫以前接触过的曼海姆之流大不一样。

  克利斯朵夫之前总认为法国人爱慕虚荣，性格跳脱浮夸，此时却突然发现，在巴黎第一等沙龙的夺目光芒之下，这些平凡的法国人有着更为高尚的品行。

  他们在邻居的陪伴下，度过了一段艰苦而平静的生活，但风波总是会来的。克利斯朵夫万万没有想到，这一次的风波来自高兰德。

  这位风情万种、美貌又十分有手腕的少女曾被克利斯朵夫冷落过，但她最近喜欢上了奥里维，她觉得这个文弱英俊的青年十分有趣，再加上他还是克利斯朵夫的挚友，就更加有趣了。

高兰德对他和克利斯朵夫的友谊表现出了很大的兴趣，天真的奥里维为了博取女孩欢心，甚至把自己与克利斯朵夫的整个故事都告诉了她，连他们日常生活中偶尔的不愉快也会告诉她，他还向高兰德吐露了克利斯朵夫的艺术计划，也吐露了他对法国和法国人的一些看法——当然，并不完全是恭维。他把这些事告诉她，已经很不妥了，而高兰德又马上把这些事记下来，加以修改，部分是为了使故事更加刺激，部分是为了满足她对克利斯朵夫的秘密怨恨。她的第一个传播者，自然是吕西安，他没有理由把这件事保密。被粗鲁蛮横的德国音乐家压迫的好友的故事就这样流传开来，而且还被添油加醋地大肆渲染，人们把奥里维描绘成一个牺牲品，故事越传，这个青年的形象就越可怜。原本流言不太可能引起任何人的兴趣，毕竟它们的主人公鲜为人知，但巴黎人对一切都感兴趣。终于有一天，克利斯朵夫从议员夫人的嘴里听到了它。

那天，他在一场音乐会上遇见了这位夫人，议员夫人问他是否真的和那个可怜的奥里维吵架了，她还喋喋不休地问起他工作的进展，提到了只有他和奥里维才知道的一些事情。他问她是怎么知道的，她满不在乎地说是从吕西安那里得知的，而吕西安是直接从奥里维那里得知的。

他最讨厌的人和他最亲密的朋友成了密友吗？这一打击使克利斯朵夫不知所措。他没想过这个故事是多么荒诞离奇，他只看到了一件事：他向奥里维吐露的秘密被泄露了，泄露给吕西安了。

没等音乐会结束，他便离开了大厅，街上空荡荡的，他漫无目的地走着,险些被车撞到也浑然不觉。他一遍又一遍地对自己说:"我的朋友背叛了我……"

回到家时,奥里维还在和高兰德说笑,没有察觉朋友苍白着脸,锁上了自己房间的门。他想了半夜,几乎未曾入眠,尽管痛苦,他仍然不想责备他的朋友——责备他辜负了自己的信任,把自己的秘密透露给敌人——他一个字也没提。但是他的脸上流露出了他想说的话:他的表情冷冰冰的,充满敌意。奥里维目瞪口呆,他无法理解。他小心翼翼地问克利斯朵夫对他有什么不满。克利斯朵夫粗暴地转过身去,没有回答。奥里维也受伤了,他没有再说什么,默默地咽下他的痛苦。一整天他们都没有再见面。即使奥里维使他遭受了一千倍的痛苦,克利斯朵夫也绝不会为自己报仇,也绝不会为自己辩护:对他来说,奥里维是神圣的。但是,他必须把他的愤怒发泄在一个人身上,这个人不可能是奥里维,那就应该是吕西安。

就在那天,他碰巧看到吕西安写的一篇关于《费迪利奥》的文章。在这篇文章中,他以一种开玩笑的方式谈论贝多芬,并取笑他的女主角。

尽管克利斯朵夫和大部分人一样,热衷于寻找歌剧中出现的瑕疵,并十分乐于批判,但为了名利,哗众取宠地批评一个伟大的艺术家,又是另一回事。他默认有一种音乐——一种不受干扰的音乐,一种比寻常更好的音乐,一种灵魂绝对纯洁的音乐,一种伟大的、健康的音乐的存在。一个人可以向这种音乐寻求安慰、力量和希望。贝多芬的音乐就是这种。

看到像吕西安这样的人侮辱贝多芬，他气得睁不开眼，这不再是艺术的问题，而是荣誉的问题，爱情、英雄主义、充满激情的美德、人类对自我牺牲的渴望，这些能使生命变得有价值的一切都岌岌可危，如同上帝本人遭受了威胁！除了战斗，还有什么能涤荡这样的丑恶？幸运的是，就在那天晚上，两个人相遇了。

克利斯朵夫为了避免和奥里维单独待在一起，去了议员夫人家参加沙龙。当他从钢琴前抬起头来，一眼就看见吕西安站在一小群人中间，用讽刺的目光盯着他。他站起来，转身离开。

吕西安正在用他高亢的嗓子，恶毒地评论瓦格纳和路德维希国王，克利斯朵夫十分高兴，他找到了一个发作的理由，于是他冲了过去，大骂了吕西安一顿，直到女士们尖叫，房间里一片混乱，克利斯朵夫被抓住衣领推到门口。吕西安被骂得脸色苍白了一瞬，随后又恢复了那副满不在乎的模样，还继续挑衅克利斯朵夫。那晚之后，议员家的大门永远对克利斯朵夫关上了，但他不在乎，他要同吕西安决斗。

他们选择用打靶的方式进行决斗，在一片小树林里，克利斯朵夫和吕西安双方对射了一轮子弹，当然，他们都不是专业的枪手，因此谁也没流血，最终以双方打成平手而结束。第二天，报纸上刊登了这则新闻后，奥里维知道了这件事。

"你们为什么要决斗？"他问克利斯朵夫。

后者哈哈一笑："因为你啊。"

当奥里维得知高兰德和吕西安的卑劣把戏之后，大吃一惊，从此再也不与他们来往了。

他们的日子恢复了平静，克利斯朵夫和邻居们的关系越来越好，他的琴声也被他们接受，直到德法两国的关系出现裂痕。

有些报纸用爱国主义标榜自身，以国家的名义发言，向国家发号施令，他们摆出一副高高在上的姿态，要求国家按照他们的意愿行事，并且还向法国发出侮辱性的最后通牒。

这原本是德国和英国之间的争端，但德国不认为法国可以旁观，一些傲慢无礼的德国报纸要求法国宣布支持德国，或者威胁法国支付未来战争的主要费用，他们以为可以用威慑来建立同盟，甚至把法国看作一个被征服的附属国——就像奥地利一样。这种言论只能表现出德国的狂妄自大，他们总是愚蠢地陶醉在自己的胜利之中。德国政治家没有能力了解其他种族，因此，他们总是用一种简单的标准，即武力，当作他们行动的准则。德国从来没有意识到或者不愿意承认法国曾经在欧洲历史上创造的辉煌。对这样一个古老的民族提出这样的要求，自然会产生完全相反的效果。这激起了法国沉睡的自尊心，就连最不自信的法国人也愤怒地咆哮起来。当然，广大的德国人民与这种挑衅毫无关系，德国人民特别和平、亲切，渴望与每个人友好相处，他们更倾向于钦佩和模仿其他民族，而不是与他们开战。但那些德国政客可不会征求人民的意见，而人民也没有勇气提出意见。那些没有足够魄力来采取行动的人，不可避免地会成为棋子。这对克利斯朵夫和奥里维来说是一件可怕的事。他们习惯合租，享有彼此的友情，以至于他们不明白为什么他们的国家会这样做。他们俩谁也搞不懂为什么国家之间的敌意会持续这么久，而这种敌意还突然升级了。尤其是克利斯朵夫，在某种程度上，他是完全站在法国人这一边的，他反对政客提出的专横要求，但他也不理解法国为什么不愿意与德国结盟。在他看来，这两个国家完全可以联合起来，他们有那么多共同的思想，有那么多需要共同完成的重大任务，因此，当他看到德法两国为了一些在他看起来毫无意义的冲突而争论不休时，他感到十分恼火。并且和所有德国人一样，他认为使两国产生冲突的罪魁祸首是法国。尽管他承认法国在普法战争中失败是一件痛苦的事，可这毕竟只是一件关乎面子的事情，为了文明和法国自身更高的利益，法国应该暂时将自己的面子放下。克利斯朵夫完全没有想过阿尔萨斯和洛林被割让的问题。他接受的教育是，吞并这些地区是一种正义的行为，这只不过是经过几个世纪的外国统治之后，德国收回本土而已。所以，他很快就被攻击了，他的朋友可不这样认为，奥里维认为那是侵略，是罪行。

　　关于这个问题，不仅奥里维不同意克利斯朵夫这个德国人的观点，其他的法国人也不赞同，曾经那些十分亲密的邻居们现在都变了脸。他们原本很喜欢见面时与他亲热地握握手，闲聊一会儿，现在却在见到他时匆匆离开，相反那些多年不交谈的人却变得亲近起来。克利斯朵夫对此并不惊讶，国家之间的关系必定会影响到普通人，哪怕他和战争毫无瓜葛。

　　身边的种种迹象让他做好了离开巴黎的准备，尽管他此时无法回到德国，但他不想在那一刻来临时太过狼狈。

　　奥里维感受到了这一点，但他无能为力，只能陪着他，在这段时间里尽力帮助他创作，克利斯朵夫的创作热情高涨，许久未曾光顾他的幸运之神此时也短暂地到来了。

一位伯乐——卡佩尔·梅斯特，发现了克利斯朵夫的才华。他在自己的几场音乐会中都演奏过克利斯朵夫的作品《大卫》，并取得了巨大的成功，随着这个热情的音乐家的演绎，《大卫》又被带回德国，并且一鸣惊人。这位指挥已经同克利斯朵夫通过信，想要他更多的乐谱，并主动提出尽一切可能帮助他，还要积极宣传克利斯朵夫的事业。在德国，最初被批判的《伊菲革尼娅》上演了，被誉为天才之作。克利斯朵夫生性浪漫，他生活中的某些事情也大大激发了公众的兴趣。《法兰克福汇报》率先发表了一篇关于他的热情洋溢的文章，其他报社也不甘示弱，跟风而上。

在法国，一些人开始意识到他们中有一位伟大的音乐家，巴黎的指挥家还没等克利斯朵夫把他的《拉伯雷史诗》写完，就来向他讨要。曾经骂过他的人发现他即将成名，就开始满口赞美，他们似乎完全忘记了，就在一年前，他们还曾用各种文字谴责克利斯朵夫的作品，当然，其他人也不记得这件事了。克利斯朵夫对于这些人的变脸一点儿也不感到惊讶。现在巴黎有那么多的人大声赞扬瓦格纳和切萨·弗兰克，而以前他们却大肆诋毁他们，并利用他们的名声来打压那些或许明天就会被他们捧上天的新艺术家！

克利斯朵夫并不十分看重自己的成功。他知道他总有一天会成功，但是他没有想到这一天就这么到来了，他不相信胜利会来得这么快。他对此嗤之以鼻，去年他写《大卫》时，若人们为之拍手叫好，他是可以理解的，但现在他新创作的作品已远远超越《大卫》了，他站得更高了。不过，他确实感受到了某种隐秘的满足。

出名的第一缕光芒是非常甜美的，它就像打开窗户，让春天的第一缕芳香飘进房子里。克利斯朵夫对旧作品的蔑视里有赌气的成分，特别是关于《伊菲革尼娅》，看到这部不愉快的作品现在如此风靡德法，对他来说是一种补偿，因为它最初只给他带来了耻辱。他从一封来自德累斯顿的信中得知，导演们很乐意在下一季中继续演绎这部作品。

知道这件事情之后，克利斯朵夫总算在受尽苦难的岁月中隐约看到了胜利的希望，可是他在收到这封信的同一天，又收到了另一封来自德国的信。那天下午，他正在房间里洗脸，愉快地和奥里维交谈，管家从门缝里塞进了一个信封。

信中是他母亲的笔迹——他正要写信给她，想到可以把自己的成功告诉她，她一定会非常高兴。他打开了信，只有几行字，能从中看出她写字的时候手正在颤抖。

  我亲爱的孩子，我病得很重。如果可以，我希望能再见你一面。

妈妈

克利斯朵夫呻吟一声便倒下了，奥里维正在隔壁房间工作，听到

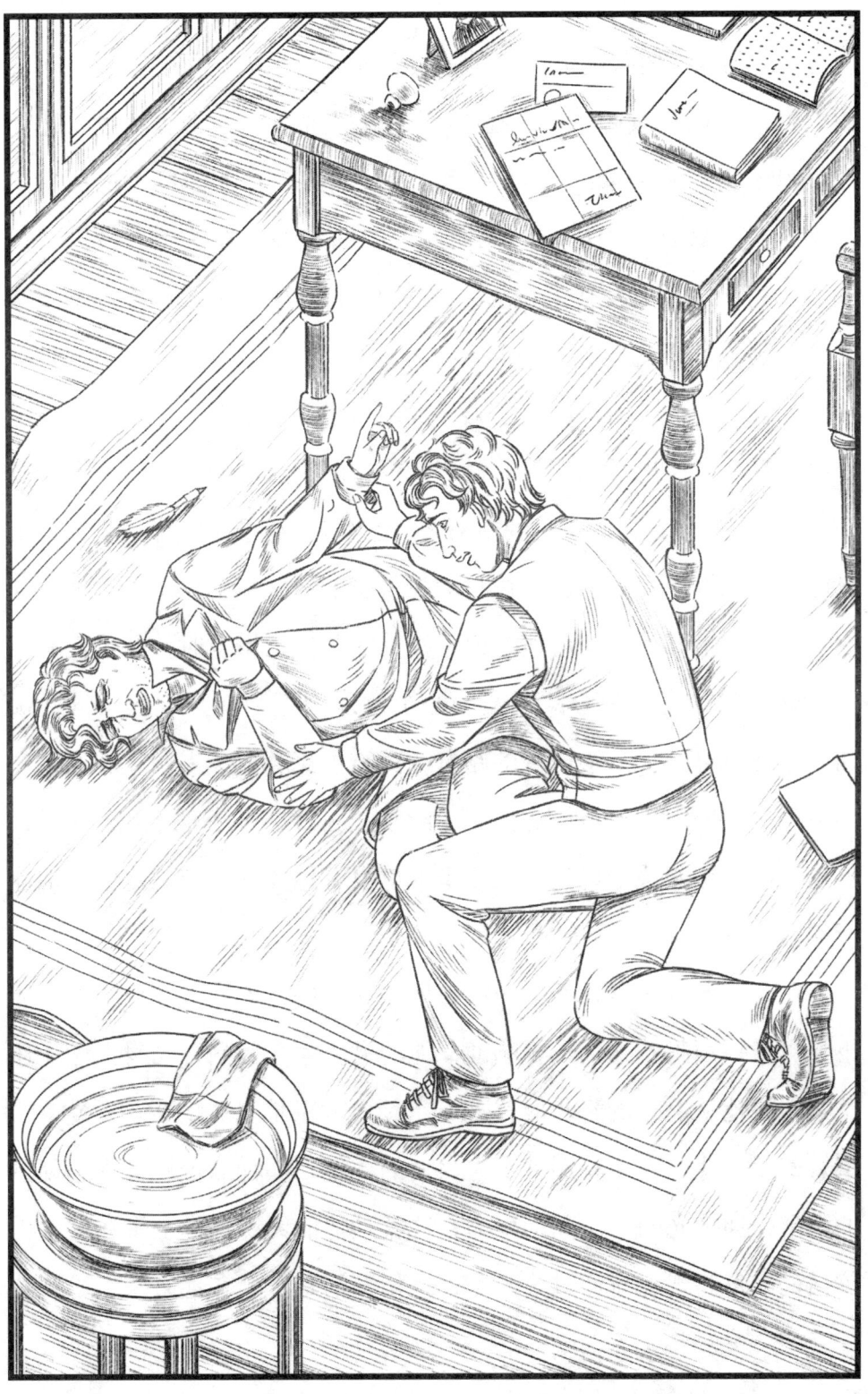

声音后立刻惊慌地跑过来。克利斯朵夫说不出话来,用手指着桌子上的那封信。他继续呻吟着,也听不进奥里维在说什么。奥里维比他冷静得多,克利斯朵夫需要一笔旅费,他有吗?他们俩翻遍所有的口袋,一共只有三十法郎,他们所有的朋友都不在法国,没人可以求助。克利斯朵夫发狂了,想要走路回德国,奥里维要他冷静下来,他会立刻去筹集这笔钱。

奥里维去了当铺,这是他第一次来这里,如果是为了他自己,他宁愿一穷二白,也不愿把他的财产抵押,因为这些财产都与一些珍贵的记忆有关。但这是为了克利斯朵夫,他不能再浪费时间了。他典当了自己的表,得到了一笔比他预料的少得多的钱。他不得不再次回家,取一些书卖给书商。这对他来说是极其痛苦的,但当时他几乎没有感受到这一点,这位忠心的朋友全心全意地为克利斯朵夫的烦恼而烦恼。最终他筹到了一笔可观的路费,交给了克利斯朵夫。克利斯朵夫心烦意乱,不敢问他的朋友是怎么弄到这笔钱的,或者他不在的时候,他是否有足够的钱维持生活。奥里维也没有想到这一点,他已经把他所拥有的一切都给了克利斯朵夫。

在火车上时,克利斯朵夫头脑里一片空白,他一直在想,他还能再见母亲一面吗?直到车轮响动,他的灵魂才又回到自己身上。迷迷蒙蒙地,他从遥远的童年时代起,重新体验了他过去的生活:爱、希望、幻灭、悲伤,还有那种令人兴奋的力量,那种痛苦、享受和创造的陶醉,拥抱光明且崇高的生命,这就是他的灵魂,是上帝在他心中鲜活的气息。现在他回过头来看,一切都清楚了。在他看来,纷乱的欲望、不安的思想、犯过的错误、轻率的斗争，现在都成了巨大的洪流，带着旋涡奔向那个永恒的目标。他发现了那些年苦难的深刻意义：每一次考验都是一道障碍，它们被汇聚的河水冲破，每一次考验都是一条从狭窄山谷到宽阔山谷的通道，不久，河水就会把山谷灌满，然后他的视野会更开阔，空气也更自由。在法国的高地和德国的平原之间，这条河开辟了一条道路，经过多次斗争，河水淹没了草地，侵蚀了山脚，汇集并吸收了两国的水。这条河奔腾于他们中间，不是叫他们纷争，而是叫他们联合，使他们彼此结合。克利斯朵夫第一次意识到他的命运，就像血管中的一条动脉一样，把河两岸的生命力量都带过去……后来那幻影消失了，他看见了他的老母亲那张温柔、悲伤的脸。

他到达那个德国小镇时，天还没亮。他得小心别被人认出来，因为他的通缉令还没撤销。但是车站里没有人注意到他，此时整个城市都在沉睡，房屋都紧闭着，街道上空无一人。夜晚的灯光熄灭了，白天的光亮还没有到来——这是睡得最香甜的时刻，连梦都被东方苍白的微光照亮了。小女仆拉开商店的百叶窗，她正哼唱着一首古老的德国民歌。克利斯朵夫激动得几乎窒息了。听到这轻柔的歌声，他忍不住要亲吻大地，这歌声使他的心在胸膛里隐隐作痛，他感到离开祖国是多么悲伤，他又是多么热爱祖国……他屏住呼吸，继续往前走。当他看到自己家的老房子时，他不得不停下来，用手捂住嘴唇，以免叫出声来。

古老的木楼梯在他的脚下吱吱作响，母亲的房门关着。克利斯朵夫把手放在门把手上，心怦怦直跳。

路易莎一个人躺在床上，觉得生命就要结束了。她另外的两个儿子，商人鲁道夫已经在汉堡定居；另一个，欧内斯特移民到了美国，再无音讯。她病得很重，几乎没什么人管她，在路易莎看来，她被遗忘是很自然的事，就像她觉得生病也是很自然的事一样。她已经习惯了受苦，而且像天使一样有耐心。她躺着，眼睛睁得大大的，双手紧紧地抓着被褥，汗水从脸上滴下来。她已经准备好了，她已经接受了圣礼，她只怕上帝认为她不配进入天堂，因而加倍耐心地忍受着这一切。在房间的小角落里，她已经收拾好了自己的遗物，那里有她爱的人的画像：三个孩子、丈夫、公公、哥哥戈特弗里德，她的记忆中一直保存着她最初的、新鲜的爱。她把克利斯朵夫寄给她的最后一张照片放在枕边，他寄过来的最后几封信都放在她的枕头底下。

她想起了她亲爱的克利斯朵夫，她多么希望他就在这儿，就在她身边啊！可是，即使他不在，她也听天由命。她确信她会在天上再见到他。她只要闭上眼睛就能看见他，她再一次看到莱茵河岸边的那座老房子，那是一个美丽的夏日，窗户开着，白色的道路在阳光下闪闪发光，她能听到鸟儿在唱歌。丈夫和公公坐在大门口，抽着烟，嘻嘻哈哈地说笑着。路易莎看不见他们，但她很高兴丈夫那天在家，公公的脾气又那么好。

她忙着做饭，要准备一顿丰盛的晚餐，还有一个惊喜：一块栗子蛋糕，她几乎已经听到男孩高兴的叫声了……那个男孩，他在哪里？她能听见他在练习钢琴，她听不清他弹的是什么，但是她很高兴能听到熟悉的叮当声,知道他坐在那里,板着一张严肃的脸……

多好的天气啊,一辆马车在路上驶过……天啊,她的栗子蛋糕有没有烤焦?她的儿子是不是生气了?他怎么不弹琴了?他在哪儿?

路易莎迷迷糊糊的,焦急地寻找她的孩子,直到克利斯朵夫的声音将她唤醒。

她看到了他,她并不感到惊讶,只是温和地微笑着,她说不出话来,那是一种无限温柔的微笑。她无法再向他伸出双臂,也再说不出一个字了。他伸出双臂搂住她的脖子,吻她,她也慢慢地回吻了她的儿子,大滴大滴的眼泪顺着她的面颊淌了下来。

她用微弱的、断断续续的声音——几乎说不出话来——匆忙地提出了一个小小的,关于葬礼的请求。听克利斯朵夫讲完自己是怎么回到这里之后,她又请克利斯朵夫向给自己筹钱的奥里维表达谢意和祝福。然后,他们靠在一起小声说话,回忆克利斯朵夫小时候的那些事。

最后,克利斯朵夫帮她坐了起来,汗水从她脸上滴下来,她露出了一个微笑,既然儿子的手握在手里,她在这个世上就再也没有别的愿望了。

她的手就这样僵硬了,而她的目光仍然慈爱地看着她的孩子。

在那天晚上,奥里维来了,他一想到要让克利斯朵夫一个人度过这种悲惨时刻,就放心不下,他还担心他的朋友能否在通缉令下安全返回。他原本没有钱,甚至想把最后几件祖传珠宝卖掉,但在最后的时刻他遇到了他们的犹太人邻居,那位好心的商人听完奥里维的心事后,连连为自己当时不在巴黎而道歉,并且急忙拿出一笔钱借给奥里维，如此他才得以来到德国。

奥里维的到来对克利斯朵夫来说是一大幸事，克利斯朵夫除了坐在母亲的身边一动不动，完全无法思考，也无法做什么事，奥里维帮他安排葬礼事宜，又劝他在警察到来前回去。

下午，奥里维按照约定在边境车站等着克利斯朵夫。他们没有坐最近一班去巴黎的火车，而是决定步行一段路，一直走到最近的城镇，他们想独处一会儿。穿过寂静的树林，远处传来了沉闷的伐木声。四周是云雾缭绕的森林，薄雾在松枝间飘散，透明的帷幔使树木的线条和颜色变得柔和模糊。几滴雨点落在山毛榉金黄色的叶片上，已经是秋天的颜色了。小溪叮叮当当地流过石头，克利斯朵夫和奥里维一动不动地站着，他们都在想那个已经在自己生命中逝去的人。

奥里维想：姐姐，你在吗？

克利斯朵夫想：母亲已经不在了，成功还有什么意义呢？

他们两个人都听到了逝者的话语声，那声音飘荡在林谷之间，正在温柔地劝慰他们，让他们不要悲伤。

克利斯朵夫心里的疼痛消失了，他重新变回了那个艺术家，对每个淳朴灵魂都倾注了全部的爱，他想，母亲啊，让我回到你身边。我曾像浪子一样，离开你去追逐路旁的影子，但现在我已经回到你身边，欢迎我吧，生养我的母亲，现下，我在我的灵魂中孕育了你。还有你，戈特弗里德舅舅，还有我逝去的挚爱与朋友，你们都是我的一部分，是我的财富、我的欢乐，我们将一起走这条路，我再也不会离开你们了。

一缕阳光穿过滴水的树枝照进来。下面的田野里传来了孩子们的歌声,他们在唱着一首古老的德国民歌,歌声坦率而动人。唱歌的是三个小女孩,她们围着房子跳舞,西风从远处吹来法国的钟声,这一切就像玫瑰似的芬芳,带着和平与宁静,以及神圣的灵魂。

他们默默地穿过了森林。

燃烧的荆棘

尽管克利斯朵夫在法国已经有了些声望，不过他的经济状况还是没什么改善。两人依然过着吃了上顿没下顿的日子，两人若是赚了点儿钱，便会狠狠地吃上一顿，毕竟下次吃饭就不知道是多少天之后了，长时间饿肚子的生活，对两人的身体产生了负面的影响。困难总是围绕着这两位年轻人，为了生活下去，克利斯朵夫接了一个改编乐谱的烦人工作。收入没什么起色，可是麻烦却是源源不断，记者们喜欢跑来采访他，但又不怀好意，随时准备添油加醋。

这一次，事情因奥里维而起。这个青年对于自己有克利斯朵夫这个朋友十分自豪，在社交场合也不忌讳谈起他。一个《大日报》的记者找到他，要他聊一聊这位德国音乐家，天真的奥里维便聊了聊，第二天，他读到《大日报》上的文章，吓坏了。

在这位记者的笔下，克利斯朵夫是一位受德国压迫而出逃到法国的自由斗士，法国是他的灵魂庇护所，德国则如同地狱。这些骇人听闻、夸大其词的东西几乎全是记者自己联想、胡乱写上去的，可奥里维百口莫辩。

他心里十分慌张，想着等给学生上过课后，就要回去和克利斯朵夫聊一聊，没想到，这位记者又跑来找克利斯朵夫了。他殷勤地请克利斯朵夫吃了一顿丰盛的午餐，又给克利斯朵夫灌了大量的香槟酒，让他醉醺醺的，好从他嘴里套出些惊世骇俗的东西来。

奥里维一听，立刻拿了报纸给克利斯朵夫看，这个醉醺醺的德国人一看就气得酒醒了。

"你在席间没说什么吧？"奥里维不放心地问道。

克利斯朵夫一片茫然，他喝成那个样子，怎么还能想起来呢？只记得讲了些朋友们之间的趣事。果不其然，第二天，他泄露的那些友人们的私事被添油加醋地写成了文章，发表在法国的报纸上，然后又传到了德国。一个德国的音乐家如此诋毁自己的祖国，令德国人感到义愤填膺，而克利斯朵夫则百口莫辩。

就在克利斯朵夫被舆论搞得焦头烂额的时候，奥里维仍然能出门进行正常的交际，他在沙龙里遇见了一位富商的女儿——雅格丽娜。这位少女有一头漂亮的金发和一双湛蓝的眼睛，她容貌美丽，又有浪漫天真的情怀，不消说她是多少青年的心上人。但她迷幻的梦中只有那些艺术家，她热爱诗人、演员、音乐家、作家，只有这样的人，才能同她眉目传情。

奥里维在她心情最差的时候来到了她的身边，比起那个粗鲁的克利斯朵夫，她更喜欢这个俊俏文雅的青年，而他又是当红的克利斯朵夫的至交好友，自然更增加了他的分量。

这一对天真烂漫，对钱财没有丝毫概念的璧人就这样相爱了，雅格丽娜不顾父母的反对，执意嫁给了奥里维，两个人离开了巴黎一段时间。

对于克利斯朵夫这个单身汉来说，好友的离开让他颇不适应，他给奥里维写信，对方却忙于享受家庭生活，这让他十分失望，只能将精力重新放在创作上。但当他的好友奥里维回来之后，克利斯朵夫发现，麻烦才刚开始呢。

婚后生活逐渐显露出了柴米油盐的本色，雅格丽娜靠着丈夫的薪水无法富足地生活下去，即使她的父亲心疼他们俩，把奥里维调回巴黎，并给他安排了一个薪水优渥的工作，她也仍不知足，她喜欢热闹，喜欢众星捧月的日子，这些都是她的丈夫无法给她的。

克利斯朵夫不清楚这些事，他只知道奥里维回到巴黎之后与妻子单独出去住了，他们的来往一度变得很少，那或许是因为雅格丽娜不喜欢他的缘故。但这位女主人现在又突然变得十分热情，经常邀请克利斯朵夫来家里做客，甚至要他也搬来一起住，这让克利斯朵夫感到受宠若惊。

他怎么能理解一个过于浪漫的女人的想法呢？雅格丽娜曾经爱她的丈夫，那是因为她在他身上看到了诗意，现在诗意消失了，她的爱情也消失了，天空仍然是蓝色的，她却看不到晨曦了，她该怎么做呢？

这时，雅格丽娜想到了克利斯朵夫，不，她根本不爱他，他的粗鲁和憨厚是她无法忍受的，尤其他还是那样一个无情的男人。但他不是奥里维的好友吗？他的身上又带着一种岩石般的力量，这让她有些跃跃欲试。这个戏剧性的女人心里只剩下这个挑战了，因此，她才邀请克利斯朵夫来他们家里住。

一天晚上，大家吃过晚饭后想要出去散步，雅格丽娜声称要回去取她的围巾，却迟迟没有下来，克利斯朵夫毫无心机地上楼找她，却被雅格丽娜一把抱住。

她含情脉脉地吻了吻他，胸有成竹地走开了，心想她一定能将这个男人勾引到手，而克利斯朵夫却大吃一惊，他连夜搬离了朋友的住所，并且再也不准备与他联系了。

他能去哪里呢？巴黎让他感到厌烦，记者让他感到厌烦，音乐出版商也让他感到厌烦，他们在榨取他的精力，却没能回馈给他任何有益的养分。他迫切地期望再次回到家乡，哪怕仍然有被逮捕的危险也不在乎。

他就这样坐上了火车，尽管下车时，故乡没有任何人等他，但他总可以去墓地看一看。母亲的坟墓上长满了野草，父亲和祖父并排躺在一起，他在墓地里待了许久，看着那些熟悉的名字，于莱、于莱的女婿、艾达……

第二天他又来了，他觉得在墓地里十分自在，他心里正唱着一首无忧无虑、快乐的赞美诗。他坐在坟边，把内心的那首歌，用铅笔写在膝上的笔记本里。他感觉自己仿佛正在那间破旧的小房间里工作，而他的母亲就在墙的另一边。当他写完准备离开的时候，他改变了主意，又回来了，他把笔记本埋在了常春藤下的草丛里，此时天空开始下雨，克利斯朵夫想：

它很快就会被雨水抹掉，那就更好了！这是只为你一个人所做的曲子，母亲。

他又去河边走了走，还看了看那些熟悉的街道，许多东西都发生了变化。他沿着冯·克里赫家花园的围墙走过去,认出了小时候爬上的那座瞭望塔,他往院子里看时,惊奇地发现这棵树、这堵墙和这座花园都变得那么小了。

他在门前停了一会儿,继续向前走,一辆马车从他身边经过。他下意识地抬起眼睛,与一位年轻女士的目光相遇了,她看起来丰满快活,带着迷惑不解的表情望了他一眼,而后发出一声惊叫。她叫马车停下,说:

"克利斯朵夫先生!"

他有些不解地看着她。

"我是明娜呀!"

这位热情的故交下了马车,一起下马车的还有她的丈夫,一位高大的秃顶法官,夫妻俩热情地邀请他去家里吃晚饭,聊一聊这些年的故事。

她嗓门儿很高,语速很快,不等他开口,就开始讲述她的一生。克利斯朵夫被她的大嘴巴和吵闹声吓呆了,她的话他只能听到一半,另一半被她自己的声音盖过去了。这曾经是他的小明娜,现在她看上去容光焕发,身体健康,肤色红润,体型丰满,她已经彻底变了。

她忙着告诉克利斯朵夫,她是如何爱上她的丈夫的,她的丈夫又是如何爱上她的。她是一个乐观主义者,她发现属于自己的一切都是完美的,比别人的东西都好——她的城镇、她的房子、她的家庭、她的丈夫、她的饭菜、她的四个孩子和她自己。

法官先生似乎已经知道了克利斯朵夫的处境,他不知道究竟应该尊重他还是轻视他，一方面考虑到这是个逃犯，另一方面又考虑到他是个名人，最后他决定装聋作哑，假装不知。至于明娜，她还在继续说话，她向克利斯朵夫滔滔不绝地谈论了自己的一切，接下来又开始盘问起他来，她问他各种私人问题。她很高兴又见到了克利斯朵夫，她对他的音乐一无所知，但她知道他很有名，一想到他爱过自己又被自己拒绝，她就觉得非常自豪，她开玩笑似的提醒他这件事。她还要他为她的专辑签名，又对巴黎大肆批评。到了晚上，她请克利斯朵夫弹钢琴，她喜欢这位音乐家的演奏，但她也同样喜欢自己丈夫的演奏，实际上，她感受不出两者有什么不同。

克利斯朵夫很高兴又一次见到了明娜的母亲冯·克里赫夫人，因为她当初对他很好，所以他对她仍怀有一种柔情。她并没有失去往日的善良，而且比明娜更有风度，但是，她在面对克利斯朵夫时，仍然带点儿嘲弄，这一点一直没变。她观察了一下克利斯朵夫，认为小时候的那个比现在这个更可爱。

除此之外，这座小城与过去没有什么不同，镇上所有人的思想都停留在他离开的时候，仍然那么狭隘，那么令人窒息。克利斯朵夫有些痛苦地发现，他只有在这里，才明白巴黎的自由和可贵。

当他回去的时候，迎接他的是失魂落魄的奥里维——雅格丽娜和情人私奔了，抛下了孩子以及这个始终爱着她的丈夫。他的朋友不再是从前那个文雅善良又生机勃勃的青年了，他一蹶不振，对生活失去了兴趣，不知道该如何振作起来。奥里维既憎恨雅格丽娜，又无法真正憎恨她，那个女人同样是这桩婚姻的牺牲品，她在婚姻中感受不到幸福，这是奥里维没能给她的。

但不管怎么样，生活仍然要继续下去，克利斯朵夫在这个时候，接到了奥地利大使馆的晚宴邀请。在灯火辉煌中，他看到了镜子里一位贵妇的影子，她的微笑在克利斯朵夫的脑海中浮现出来，那是他童年的某段回忆——六七岁的时候，他在学校里，被几个年龄更大、更强壮的孩子欺侮了，当别的孩子在玩耍的时候，他蜷缩在角落里，孤立无助。有个小女孩走了过来，停住脚步，把手放在他的头上，带着同情的微笑，急促而害羞地说：

"别哭啦。"

克利斯朵夫再也控制不住自己，他突然抽泣起来，把脸埋在小女孩的围裙里，而她则用颤抖而温柔的声音继续说道：

"别哭……"

几个星期后，一场瘟疫带走了她，从那之后他再也没有想起她，可现在为什么想起了她呢？那个死去的、被人遗忘的孩子，遥远的德国小镇上的平民女孩，和现在他所注视的那位贵妇人之间没有任何关系。但是，他在她的身上看到了那个女孩的灵魂。

一大群人走过来，把克利斯朵夫挡在门外，他迅速地退到阴影里，躲到他人看不见的地方。他害怕别人注意到他的情绪，但他还想再见到她，他担心她走了。平静下来后，他走进房间，立刻就在人群中发现了她，尽管她看上去一点儿也不像他在镜子里看到的那样。现在，她侧身坐在一群衣着考究的女士中，胳膊肘靠在椅子扶手上，身子微微前倾，手托着头，带着机敏而心不在焉的微笑听着她们的谈话。她的表情和容貌就像拉斐尔的名画《辩论》中的年轻圣徒约翰,半闭着眼睛听着、注视着、微笑着……然后她抬起眼睛看见了他,她并没有表现出惊讶的样子。他看出她的微笑因他而起,这让他非常感动,他朝她鞠了一躬之后便向她走去。

"你不认识我了?"她说。

就在那一刻,他认出了她,那是他曾经教过的学生,高兰德的表妹,葛拉齐亚。

就在这时,大使夫人走了过来,把克利斯朵夫介绍给了贝雷尼伯爵夫人。但是克利斯朵夫太激动了,他甚至没有听见她的话,也没有注意到这个新名字。

葛拉齐亚现在二十二岁,嫁给了奥地利大使馆一个年轻的随员,他是奥地利首相的亲戚,同样也是一位贵族。他是个势利小人,聪明伶俐,精于世故,她不喜欢他这一点,但仍然真诚地爱着他。由于夫家的影响,再加上她自己的聪明和魅力,这位年轻女士已经是巴黎上流社会中最著名的贵妇了。她生命中的那朵花已经张开了花瓣,但是她那由光明和音乐所灌溉的心田却有些干涸。她谨慎而熟练地运用自己的地位来保护艺术和慈善事业,以及克利斯朵夫的生活。她不仅通过报社的势力让舆论对克利斯朵夫变得宽容,又用艺术界的周旋手段让他得以推出自己的新作,通过她在德国外交家中的影响,她开始温和地、悄悄地、巧妙地引起他们对流浪他乡的克利斯朵夫的兴趣。渐渐地,她确实引起了一股舆论,并促使皇帝颁布法令,向一位伟大的艺术家重新打开国家的大门,虽然现在还不能指望他会多么宽宏大量,但她至少成功地促成了一项承诺：政府对他在家乡的两天访问视而不见。

克利斯朵夫了解到这些之后，他无法控制地想要对葛拉齐亚表露他的谢意，但为时已晚，葛拉齐亚在巴黎没待多久，就随丈夫去了美国。

那个温柔而宁静的灵魂又一次离开了他，陪伴在他身边的只剩下同样伤痕累累、心力交瘁的奥里维，还好，他的朋友还在。

雅格丽娜出走了，奥里维并未搬回来和朋友同住，他租了一套平民区的公寓，这与他之前的生活并不搭调，但他毫不在乎，他只希望静静地躲在黑暗里，回忆往事。克利斯朵夫带着他四处参加社交活动，并劝慰他。

四月下旬，奥里维患上了流感，他过去几乎每年冬天都在同一时间得这种病，而且这种病通常会发展成他的宿敌——支气管炎，克利斯朵夫照顾了他几天，这场病使奥里维身心俱疲，退烧之后，他有一段时间恍恍惚惚，能在床上躺上好几个小时，根本不想起来，甚至一动也不想动。他躺在那里看着克利斯朵夫，克利斯朵夫正坐在书桌旁，背对着他工作。

克利斯朵夫全神贯注地工作。当他写累了，会突然站起来，走到钢琴前，他并不一定弹自己写的东西，而是想到什么就弹什么。他写的音乐让人想起他早期的作品，但他演奏的音乐却像另一个人的作品。这是在一个喧嚣而不受控制的世界里才会有的音乐，他的音乐中有一种混乱、暴力、不连贯的东西，与他的其他音乐中无处不在的强大秩序和逻辑毫无相似之处。这种未经深思熟虑的即兴创作，像野兽的嚎叫一样，脱离了艺术的审视，从肉体而不是精神中迸发出来。

一场风暴正在酝酿着，克利斯朵夫完全没有意识到，但奥里维看着克利斯朵夫，隐隐感到不安。他有一种奇异的洞察力，能洞察到即将到来的不安定。

"你刚刚在弹什么？"

"随便弹的，早就忘了。"

奥里维专注地看着他："唉，想想你未来还能创作出多少作品呢？可惜我看不到了……"

"胡说八道什么。"克利斯朵夫并未放在心上。

这是一个温和多雾的四月，透过柔和的银雾面纱，绿色的小叶子正在慢慢展开，看不见的鸟儿在唱着太阳的歌。奥里维反复回忆起往事，他又看见自己还是个孩子，在浓雾中，坐在火车里，被母亲带着离开故乡。他的母亲在哭泣，安东内特独自坐在车厢的另一头……秀丽的身影，优美的风景，都映在他的脑海中。美妙的诗句自然而然地出现了，每一个音节和节奏都井然有序。他靠近桌子，只需伸手拿起笔，就能写下他诗意的想象。

但他懒得写，他累了，他知道一旦他试图抓住想象的芳香，它就会立刻消失。他的思想就像一个开满鲜花的小山谷，可是几乎没有人能接近它。而且，这些花儿一被采摘下来，就凋谢了，只有几朵花能懒洋洋地活下来，只有几个精巧的小故事、几首诗，能散发出一种芬芳渐渐消逝的气味。长期以来，艺术上的无能一直是奥里维最大的苦恼之一，现在他释然了，花不需要别人看。它们只有在没有人可以随意摘取的田野里才会更加美丽。这个梦中的山谷里几乎没有阳光，但奥里维的想象却因此更加绚丽多彩。在那些日子里，他为自己编了许多伤感、温柔、奇妙的故事！他不知道它们从哪里来，就像夏日飘浮在空中的白云，化成了稀薄的空气。那时天空是晴朗的，奥里维会在阳光下昏昏沉沉地坐着，直到风帆扬起，那艘宁静的梦幻之舟再次扬帆而来。

第二天，克利斯朵夫叫奥里维同他去巴黎街头散步。奥里维的身体好多了，但仍然有一种奇怪的疲惫之感，他不想出去，他有一种模糊的恐惧感，他不喜欢和人群混在一起。他的心和头脑都很勇敢，但肉体却很虚弱，他很清楚，他命中注定要成为一件牺牲品，若是人群中发生了冲突，那他不能，甚至是不愿自我防卫，因为这很可能会导致他人受伤，奥里维遭受过痛苦，因此更加能对他人的痛苦感同身受。

克利斯朵夫坚持要他出门，他已经十天没有出过门了，奥里维只好随他一同出去。

那天有游行示威，巴黎街头的警察和工人们在对峙，这对于克利斯朵夫来说十分新鲜，他拽着奥里维，在人群中穿梭。虽然他在这群法国人中只是一个外国人，不了解他们的诉求，但是他很乐意看热闹，他甚至被人群所感染，跟着呼喊起口号来。

奥里维被他拖在后面，但这对他来说并没有什么乐趣。他并没有病糊涂，他现在脑子很清醒，可是比起克利斯朵夫这个外国人，他却像是一片落叶一样被卷走了，他感受不到同胞们的情绪，人群中的气味也让他感到厌恶。

"克利斯朵夫！"他乞求道，克利斯朵夫没听见他的话，"克利斯朵夫！"

"嗯？"

"我们回家吧。"

"你害怕？"克利斯朵夫说。

游行很快变成了混战，一位旁观者从瞭望塔上摔了下来，人群从他身上踏过，奥里维冲过去想要救下一个孩子，可是势如潮涌的警察却将奥里维和克利斯朵夫冲倒了。挖土工人和酒馆里的人都跑了出来，两群人如同疯狗一样缠斗在一起。而奥里维这个一直在避免争斗的人，却在混战之中被打倒了，被人踩了过去。

克利斯朵夫在人群中同警察大打了一架，这个充满孩子气的人根本没想过他的朋友会怎么样，他就这样稀里糊涂地被警察追捕，又坐上了逃离巴黎的火车。在车厢里，他慢慢冷静下来，他根本不知道这场游行所为何事，现在为了这场暴乱，他离开了朋友，这让他感到有些不安。天亮的时候，他连忙买了车票，打算重新返回巴黎。

可是奥里维消失了。

他四处寻找，都找不到他的朋友，他去街上等，也等不回奥里维，直到看门人交给他一封信，他打开时，信上赫然写着奥里维的死讯。

这封信是一位朋友写的。信上说，前一天他们向他隐瞒了这场灾难，匆忙把他带走，只是服从了奥里维的意愿，奥里维希望他的朋友能逃掉，他怕克利斯朵夫待在这里一样会遭遇灾祸，几个街坊邻居都表示会帮他举办葬礼，请克利斯朵夫放心。

在奥里维弥留的最后一刻,他想起了过去的时光,墙上爬满藤蔓的老房子,温暖而不炎热的花园,清泉涓涓流淌,他躺在草坪上,旁边坐着他的姐姐,安东内特在阳光下微笑……

克利斯朵夫的头发很快变白了。

他的身边再也没有了挚友,他躲在瑞士的小乡村里,回忆着他的过去。一天,他在乡村附近的疗养院里看到了一位有名的作家,他曾经在曼海姆的杂志上见过这位大家,他性格很要强,与克利斯朵夫针锋相对,半点儿不肯退让。

而现在他坐在疗养院的花园里,安静而无力地晒着太阳。

克利斯朵夫走上前去,与他打了一声招呼,那个人翻起眼睛,看了看他。

"你在做什么?"

"等待。"

"等什么?"

"等复活。"那个人轻飘飘的话语落进了克利斯朵夫的心中,他被震慑住了。

就在那一夜,克利斯朵夫听到了生命之歌在他心中汩汩涌动,就像泉水在潺潺流淌。清晨时,他从窗口望出去,看见昨天已经死去的森林在阳光和风的吹拂下生机勃勃,像海洋一样起伏。一阵阵的风欢快地掠过树干,柔嫩的枝丫摇头晃脑地向灿烂的天空伸开双臂,激流像钟声一样欢快地响起,乡村从昨天埋葬它的坟墓里复活了!克利斯朵夫心中的爱苏醒了！周围的一切都复活了，心脏又开始跳动了，圣灵的眼睛睁开了，干涸的喷泉又开始流动了。

克利斯朵夫回到了神圣的战场，他感到自己在灵魂之上的高空中飞翔，他从天空中看到了自己，看到了世界，看到了他努力的意义、他受苦的代价，他的奋斗是世界的一部分，他的失败只是一时的插曲，正如他为大家而战，大家也为他而战。他们分享他的苦难，他分享他们的荣耀。

在他看来，上帝不是冷漠的创造者，不是站在铜塔上看着自己城市被焚毁的尼禄。上帝在战斗，在受苦，他在和所有参战的人一起战斗，为所有受苦的人而战。因为神就是生命，就是那落在黑暗里的光，光散开来，照亮那夜。然而黑夜是无限的，所以神圣的斗争永远不会停止，谁也不知道它将如何结束，这是一首豪壮的交响乐！

战争与和平在克利斯朵夫的心里回荡。他就像对着大海怒吼的贝壳，史诗般的呼号、喇叭声和暴风雨般的声音在至高无上的节奏中响起。在那洪亮的灵魂里，一切都在声音中成形。它歌唱着光明，歌唱着黑暗，歌唱着生与死。它为那些在战斗中获胜的人歌唱，为被征服和倒下的自己歌唱。它一直在歌唱，永不停歇。

他沉醉其中，听不见自己的歌声。春天的细雨，奔腾的音乐消失在大地上，荒原上又开满了花，但它们不是古老春天的那一朵朵花。

一个新的灵魂诞生了。

夏天将尽的时候，一个音乐评论家登门拜访，他十分欣赏克利斯朵夫，况且现在全欧洲都在演奏他的作品，他是炙手可热的红人，他好不容易才找到克利斯朵夫在瑞士的隐居处。但克利斯朵夫对自己的成功漠不关心,他的思想在不断前行,过去的作品已经入不得他的眼了。

客人请他拿出最近的作品来欣赏一番,克利斯朵夫拿了出来,而客人却诧异极了。

"这……这不是什么完整的东西吧,没有旋律,没有节奏,没有固定形式,就像混沌里的一点儿光而已。"

"不错,只是一点儿光,在世界的帘幕之后,隐秘发光的、混沌的眼睛。"

客人不明白克利斯朵夫的这句比喻,只是暗暗地想:他大概是江郎才尽了,甚至说不定已经疯了。

复 活

克利斯朵夫不再流连和计较那些已经逝去的时光，在他眼中，生命已经不复存在，他的生命不再只存在于时间之中，他的生命是他的作品，他的作品就是他的生命。他的音乐从他的灵魂中源源不断地流淌出来，因此，他不再在意这世间的任何事情，尘世间的喧嚣再也不能激起他任何的兴趣。

克利斯朵夫终于功成名就了，他的作品得到了许多人的关注与喜爱。

克利斯朵夫已经老了，他的生命在一点一滴地流逝，他察觉不到，也不在乎。年龄对他来说什么都不是，他的心永远年轻。他没有放弃他的力量，没有放弃他的信仰。他又恢复了平静，不再像从前那样隐藏愤怒了。在他的灵魂深处，仍有暴风雨在震颤，他瞥见狂暴的大海时，深渊的风景已经留存在他的心中。他知道，没有上帝的允许，任何人都不能自吹自擂是自己的主人。他的心中有两个灵魂。一个是被风吹过、被云笼罩的高原；另一个是沐浴在阳光下的雪峰。那里不能居住，但是，当他走在山脚下，被雾冻住的时候，他知道通向太阳的路。在他朦胧的灵魂里，克利斯朵夫并不孤单。在他身边，总能感觉到一个看不见的朋友存在，那就是坚强的圣·塞西莉亚（4世纪时的殉道圣女,也是音乐家之神),她用平静的目光注视着他,就像拉斐尔笔下的圣保罗一样,他倚着长剑,默不作声,没有恼怒,也没有战斗的念头,他做着梦,把梦锻造成形体。

他已经是个功成名就的音乐家了,德国的旧案也已被撤销,法国那桩流血暴动也成为历史,他可以去任何地方,但他不想回巴黎,那里会让他想起伤心事,他也不愿久居德国,他只是偶尔去那里指挥,其他时间他都在瑞士的小乡村里隐居。

夏天的一个傍晚。

克利斯朵夫正在一个村庄的山上散步,他迈着大步走在一条蜿蜒的路上,转过两个弯,就走到斜坡之间的阴影里,路两旁是核桃树和松树,就像一个与世隔绝的小世界,远处是明净的天空,黄昏下的宁静氛围如同清泉一般。

就在那里,她穿着黑色的裙子,站在晴朗的天空下。身后有两个孩子,一个男孩和一个女孩,年龄在六岁到八岁,他们正在采花玩。他们在几码远的地方就认出了对方,从眼睛里就可以看出他们是何等的激动,但他们都没有开口说话,也没有做任何动作。

她的嘴唇有点儿颤抖,两个人说出口的话都仿佛是在耳语。

"葛拉齐亚!"

"啊,你在这里。"

他们就这样默默地站着,葛拉齐亚是先打破沉默的人,她告诉了他自己的住址,并问他住在哪里。他的回答是机械的,几乎让她听不清,他全神贯注地看着她,目光落在她那张饱含痛苦和带有衰老痕迹

的美丽脸庞上。

他问她丈夫在哪里,她指了指她的黑裙子。他激动得有些说不出话来,最终只是尴尬地离开了她。

到了晚上,他到旅馆去看望她。他们互相望着,这么多年过去,他们的面貌都改变了许多。

"我变了很多吧?"她问道。

"嗯,你受过很多苦。"他望着她的脸,说道。

"你也一样。"她注视着那张饱受痛苦摧残的脸,同情地回答。

她的言语十分克制,她本能地害怕情绪激动的场面,克利斯朵夫希望和她出去走走,两个人单独聊聊天,可她觉得在客厅里聊天更好一些,这样她更容易控制住自己的情绪。

在长时间的沉默后,他们低声地勾勒出生活的轮廓。贝雷尼伯爵在几个月前的决斗中被杀,但那不比他们一起生活的这些年更让她感到痛苦,此外,她还失去了自己的第一个孩子。她没有抱怨什么,而是把话题转到了克利斯朵夫身上去,当克利斯朵夫把自己的苦难告诉她的时候,她表现出了最亲切的同情,生活仍然会继续,不是吗?

从旅馆回到家,克利斯朵夫大哭了一场。奥里维已经走了十年,这十年里他始终孤单,直到见到葛拉齐亚,他才觉得自己又重新感受到了温情,他自以为不需要的温情。

他们时不时在晚上相聚,他弹琴,她倾听,他借着琴声讲述了许多自己的心事,而她无声地抚慰他,尽管两个人只有分别时会握一握手,但克利斯朵夫却感到十分满足,他的心灵又有了知己。

葛拉齐亚在瑞士只住几天，而后就要离开了，尽管很舍不得，但克利斯朵夫什么反对的话都不敢说，什么要求也不敢提。在葛拉齐亚动身离开的前一天，他们再次来到了重逢时的那条小路上，走到那个拐角处时，他们坐了下来。克利斯朵夫看到她原本乌黑亮丽的发丝间居然长出了白发，顿时对她又怜爱又敬佩。克利斯朵夫最终也没说出任何挽留的话，只是向她要了一根属于她的白发。

葛拉齐亚临走时拒绝了克利斯朵夫亲自相送的提议，克利斯朵夫不明白这是为什么，但还是遵从了她的意愿。自葛拉齐亚走后，克利斯朵夫便十分思念她，除了隔三岔五就给葛拉齐亚写信，他只能通过忙碌的工作和不间断的旅行来使自己分心。可是葛拉齐亚回复得很慢，几乎要两三个星期才会回复一封，他知道自己不能要求太多，毕竟他们已经错过了太多，不过好在葛拉齐亚每次的回信都写得十分真诚，这让克利斯朵夫焦躁的心稍感安慰。

出阿尔卑斯山的关塞时，克利斯朵夫正在车厢的一个角落里打盹儿，突然，他看见了一尘不染的天空，清澈的光线落在了山坡上，他想他一定是在做梦。在关塞的另一边，他丢下了黑暗的天空和即将逝去的一天，而崭新的世界即将从这一刻开始。这一变化是如此突然，他最初感到的与其说是喜悦，不如说是惊奇。过了好一会儿，他昏昏沉沉的灵魂才苏醒过来，他的心才从过去的阴影中解脱出来。柔和的阳光拥抱了他的灵魂，他完全忘记了过去的一切，贪婪地畅饮着眼前的欢乐。

穿过米兰平原，湛蓝的运河在日光的映衬下，在稻田里形成了网状的清流，犹如达·芬奇笔下的重峦叠嶂，雪白的阿尔卑斯山身披华贵的光泽，四周点缀着红、橙、绿、金和浅蓝等种种色彩。夜幕降临在亚平宁山脉上时，弯弯曲曲的斜坡从陡峭的小山丘上蜿蜒而下，如同一支民间舞蹈——突然之间，在山坡脚下，大海的气息和橘子树的气味像甜蜜温柔的亲吻扑面而来。在大海金色的波涛下，小船的船帆在海面上摇摆着……

火车在海边的一个渔村停了一会儿，他们向乘客解释说，由于大雨，热那亚和比萨之间的隧道发生了滑坡，所有的火车都晚点了几个小时。克利斯朵夫订了直达罗马的火车票，这次意外让旅客们悲叹，他却很高兴。他下了车，向大海走去。几个小时后，当火车鸣笛前进时，克利斯朵夫已经在船上了。

在月光下的海面上，他坐在小船里随着波浪摇晃着。小船沿着海岸缓慢行驶，海岬上点缀着小小的柏树。他在一个村子里住了下来，在那里度过了快乐的五天。他像一个刚从长时间的斋戒中解脱出来的人，狼吞虎咽，饥肠辘辘地享受着海边这美丽的盛宴。

一连五天，克利斯朵夫都沉醉在阳光中，他第一次忘记了自己是个音乐家，他灵魂中的音乐与光明融为一体。空气、海洋、大地、太阳的管弦乐队演奏着辉煌的交响曲。意大利有什么天生的艺术才能，竟然能使用那样一支管弦乐队呢？其他人从自然中作画，意大利人却能与它合作，他们用阳光作画。这是色彩的音乐，一切都是音乐，一切都在歌唱。路边有一堵红色的墙，上面有一道金色的裂缝。墙的上方有两棵柏树，它们的顶端簇拥着湛蓝的天空。一座白色、陡峭、狭窄的大理石楼梯，靠着一面教堂的蓝墙，在墙壁之间攀爬。

在一幢色彩斑斓的房子旁，杏树、柠檬树、雪松树在橄榄树丛中熠熠生辉，这些色彩如此甜蜜，如同一颗甜蜜多汁的水果，沉甸甸地映在眼睛里。这些享受弥补了他之前苦行一般的灰色生活，以及他那被命运扼杀的丰富多彩的天性，他突然意识到了他从来没有享受过的力量。气味、色彩、音乐般的人声、钟声、大海都沐浴在温暖的阳光中，他那衰老而疲惫的灵魂开始在阳光中成长……他的船夫是个老渔夫，眼睛圆圆的，戴着一顶像威尼斯参议员那样的红帽子。他唯一的旅伴是个米兰人，他吃通心粉，总像奥赛罗那样转着眼珠，凶狠的黑眼睛里充满了仇恨。餐馆里的侍者端着托盘，弯着脖子，扭动着胳膊和身子，活像贝尔尼尼的天使。年轻的圣·约翰眨巴着狡黠的眼睛，在路上乞讨，向过路的人递上一个带有绿梗的橘子。他发现他哼着乡村歌曲，融入了这快乐又有烟火气的小村庄里。他甚至完全忘记了旅行的终点，也忘记了他急于见到的葛拉齐亚……

她完全被遗忘了，直到有一天，那心爱的形象出现在他面前。是一道温柔的目光唤醒了他，还是一缕歌声唤醒了他？他不知道。但是有一段时间，他从周围的一切——从环绕着的、长满橄榄的小山，从浓密的阴影和灼热的太阳，从闪耀着光辉的亚平宁山脉的高耸山峰，从满是鲜花和果实的橘树林，以及从大海深沉而起伏的呼吸中见到了他所爱的人，她微笑的脸上闪耀着光芒。

在那广袤的大地上，到处都能听到她的声音，看到她的目光，嗅到她的芳香，她像一朵玫瑰般绽放。

在罗马，他再一次见到了葛拉齐亚，觉得她与以前大不相同了。他见过她在巴黎学琴时的模样，也见过她在沙龙中的少妇模样，还在瑞士见到她穿了一身黑衣的模样，现在的她住在家里，那淡淡的影子消散了，取而代之的是一个恬静慵懒的罗马女子模样。她的家里常有客人来，那些人拥有庸俗却彬彬有礼的心灵、文雅殷勤的举动，尽管克利斯朵夫总认为意大利人缺乏力量，麻木而懒惰，但他们仍然是聪明又温和，举止安详、可爱的人。

克利斯朵夫没有兴趣去了解这些心灵，他甚至痛恨葛拉齐亚和这些客人交往，他在罗马住了不久，就想要动身离开了。可是这个国度自有它的魔力，克利斯朵夫一边痛恨，一边又忍不住多住了些天。

在他向葛拉齐亚求婚的时候，她温柔地笑了。

"不，朋友，从前你眼里只有我表姐时，你不明白我对你的感情，不错，否则我们的一生完全可能是另一种模样，可是现在岂不是更好？我们的友谊不曾受到生活的考验，不曾用柴米油盐将它玷污，不是吗？"

"这是因为你已经不再像以前那么爱我了。"

"我始终很爱你。"她平静地说，"只是我对婚姻没有信心了，我不是年轻人了，我知道要将两个人联系在一起有多难，这种痛苦的磨炼得不到什么回报。"

"可我还在期待婚姻，难道我不能爱我的妻子吗？难道我不能期待有可爱的儿女吗？"

葛拉齐亚笑了起来："要是你的妻子安分守己，一心一意，不聪明，不了解你，也不漂亮，那的确是有可能的……"

"天啊，你不能这么刻薄地说我……"克利斯朵夫垂头丧气地说，"这会让我很伤心的，你太狠心了。"

"其实你没必要伤心。"葛拉齐亚说道，"因为你有个非常爱你的朋友。"

克利斯朵夫还没反应过来的时候，她突然凑近了他的脸，吻了他一下，而后就跑开了。

从那一天起，他们不再提及爱情，关系也不像以前那么拘束了，他们时常一起去散步，只要她能摆脱那种似睡非睡的状态，在这种状态下，她一连好几个小时都在沉思默想，而当她醒来，又变成了另一个人。她身材高挑，双腿修长，身体结实而柔韧，活像美丽的森林女神狄安娜。他们常常在林荫道的尽头，在白色石棺附近的玫瑰凉亭里坐下来，两旁都是古墓，树林中似乎还有一对古罗马夫妻在手挽着手散步。缓缓滴落的泉水无法打断他们低声的交谈，克利斯朵夫讲述他的过往、他的奋斗、他的悲伤，但他以后不会再悲伤了。而后轮到她来讲述她的生活，他几乎没有听到她说的话，但她的思想却一点儿也没被漏掉。他们的灵魂已经结合了。他用她的眼睛看世界，他到处都能看见她的眼睛，她那平静的眼睛深处燃烧着炽热的火焰，他在古代雕像美丽、残缺的脸庞上，在他们沉默的神秘目光中看到了它们；他看见它们在罗马的天空中，在缠结的柏树冠周围，在阳光下的橡树间，到处都是她的目光。

四月，巴黎方面邀请他去指挥几场音乐会，他想也不想就要拒绝，但他觉得这种事也可以和葛拉齐亚商量一下，她听完却劝他接受，这让他十分不开心。葛拉齐亚却认为，音乐家需要土壤，在意大利，克利斯朵夫是个外国人，意大利人不接受他，不在乎他，也不给他创作的空间和灵感，他只有回到那个喧嚣的巴黎，才能重新感受到音乐的存在。

克利斯朵夫听从她的意见离开了，可是他的心却并未离开。

巴黎并没有比以前变得更好，这里还是一样混乱，艺术界还是一样的蛮横，不错，克利斯朵夫已经变成有地位和名望的音乐家了，那些人待他的态度大不相同，更别提与他初来巴黎时的狼狈样子做比较了。

这里再也没有一心一意待他的朋友了，当他坐马车的时候，他甚至不敢往外张望，因此他特意挑选了一个同原来所住区域离得很远的旅馆。他见到了曾经批评过他的人，也见到了他曾经批评过的人，现在他们都对他十分和气，而他也能拿出虚与委蛇的态度来敷衍他们了，他有时会感慨，那蓬勃的愤怒已经不在了，他也不再年轻了。

在巴黎期间，他会定期给葛拉齐亚写信，这是他为数不多的排遣寂寞的方式，他的信很长，她每隔半个月会回一封，温柔地劝慰他，讲讲身边的事，还建议他去表姐高兰德那里做客。

克利斯朵夫听从了她的建议，接受了高兰德的邀请，却被吓出了她的家门，那位巴黎妇人和过去没什么区别，也就是年龄增长了，变胖了些，除此之外，她还是十分热衷拿他当战利品来炫耀。高兰德自以为仍是克利斯朵夫暗恋多年的心上人,那副神情让他简直落荒而逃。

除此之外,他仍然留在巴黎,一部分是为了讨葛拉齐亚的喜欢,另一部分是因为他也好奇现在的音乐界如何了。那天,他写信时,突然有人敲门。那是个十四五岁的男孩子,说要见他,克利斯朵夫有些不高兴,但还是让他进了门。

"说吧,你有什么事?"

"我……"男孩支支吾吾,最后看到了壁炉架上奥里维的照片,便指着说,"我是他的儿子。"

克利斯朵夫大吃一惊,上前拥抱了他,"孩子,可怜的孩子!"

男孩叫克利斯朵夫·奥里维·乔治,今年十四岁,和母亲住在一起。他看起来那么聪明,克利斯朵夫激动得不知如何是好。

"你为什么等了这么久才来呢?"

"我想早点儿来。可我以为您不愿见我呢。"

"怎么可能?"

"几个星期前,我在希维阿音乐会上见到了您,我和母亲坐在离您稍远的地方,我向您鞠了个躬,您却皱着眉头,根本没理我。"

"我真那么做了?可怜的孩子,你怎么会这么想?我没看见你。我有点儿近视,所以会皱眉……你觉得我很凶吗?"

"我觉得如果您愿意,会很凶的。"

"真的吗?"克利斯朵夫说,"那么,如果你以为我不想见你,你怎么敢来?"

"因为我想见您。"

"如果我拒绝见你呢？"

"我不会让您那么做的。"他说这话时带着几分坚决的神气，既羞怯，又有点儿挑战的意思。

克利斯朵夫突然大笑起来，乔治也笑了起来。

"好大的胆子啊，真不像你父亲。"

"您觉得我不像他吗？"孩子突然不开心了，"您认为他不会爱我吗？或者您也不喜欢我吗？"

"我喜不喜欢你，对你又有什么关系呢？"

"有很大的关系。"

"为什么？"

"因为我很喜欢您呢！"

在那一瞬间，克利斯朵夫觉得四月的春风将心头的乌云驱散了，他所受过的痛苦，奥里维受过的痛苦，都消散了，那痛苦而繁复的回忆长出了这棵嫩芽，他也因这棵嫩芽复活了。

乔治是个聪明伶俐的孩子，又十分有音乐天赋，但他性情跳脱，不肯下苦功，和克利斯朵夫约好的见面时间也总是忘记，他轻佻、健忘，又有种天真的自私，但他心地善良，让人不由自主地就想原谅他。克利斯朵夫写信给雅格丽娜，谢谢她让乔治来看自己，雅格丽娜的回信十分克制，这么多年过去，往事没能完全放下，她还是介意的。

在偶尔教导乔治的时光里，葛拉齐亚来巴黎了。她很想上门拜访，并且要求他不要有任何改变，她不希望这位老朋友因为她的拜访还要来一次大扫除。克利斯朵夫听从了她的要求，当葛拉齐亚登门的时候，她还是吃了一惊,并且动容了,虽然她不愿承认这一点。

后来,她告诉他,当她还是个小女孩的时候,她曾想过要到他那儿去,但走到门口时,她害怕了。克利斯朵夫的房间黑暗狭窄,没有一块舒适的地方,显得如此清苦,这一切都深深地打动了她。她对她的老朋友充满了深情的怜悯,尽管他做了那么多的工作,经历了那么多的苦难,声名显赫,却仍然在这样的环境里生活。房间里没有地毯,没有图画,没有小摆设,也没有扶手椅,空荡荡的,十分冷清。除了一张桌子、三张硬椅子和一架钢琴,桌子上、桌子下、地板上、钢琴上、椅子上,到处都是纸张和乐谱。

一两分钟后,她指着他桌旁的位置问他:"那是你工作的地方吗?"

"不,"他说,"在那里。"

他指了指房间里最黑暗的角落,那里有一把背对着光线的矮椅子。她走过去,一言不发,静静地坐在那里。他们沉默了几分钟,不知道说什么好。他站起来,走到钢琴前。他即兴演奏了半个小时,他的爱人就在身旁,一种巨大的幸福感充满了他的心。他闭着眼睛演奏着美妙的曲子,这时她才明白了房间的美,房间里的一切都是神圣且和谐的。她听见他那颗充满爱的、痛苦的心在跳动。

音乐结束后,他静静地在钢琴前坐了一会儿。他听到了爱人的呼吸,知道她在哭泣,他转过身来。她向他走来。

"谢谢你!"她握着他的手喃喃地说。

她的嘴唇有点儿颤抖,她闭上眼睛,他也这么做了,他们就这样手拉着手待了几秒钟。时间似乎停止了,他觉得他同她已经度过了温柔而平静的一生。

他们原本可以结婚的，但葛拉齐亚的儿子十分反对这件事，在一次又一次的努力之后，母爱还是占据了上风，葛拉齐亚在儿子的要求下，离开巴黎去远方旅行了。

那是九月的一天，他目送她的马车上了弯弯曲曲的山路，当马车的背影消失在山雾中时，克利斯朵夫觉得一切都结束了。

葛拉齐亚死得十分突然。乔治是在高兰德家听到这个消息的，在此之前，高兰德已经把消息告知了克利斯朵夫，他没来得及和任何人告别就走了。

葛拉齐亚长年累月地照顾体弱多病的儿子，她的生命之根几乎被从土里拔了出来，一阵微风就足以把它吹倒了。她的孩子夭折之后，尽管她看起来还是那个安详美丽的罗马妇人，但她的生命已如风中之烛。在流感复发的前一天晚上，她收到了克利斯朵夫写来的一封长信。她心里充满了柔情，恨不得马上叫他到身边来，她觉得其他的一切，把他们分开的一切，都是荒谬的、难辞其咎的。高烧让她非常疲倦，于是，她把给他写信的时间推迟到了第二天。到了第二天，她不得不卧床休息，尽管她抽空写起了信，却没有写完。她有点儿头晕目眩，此外，她不愿提起她的病，她害怕打扰到克利斯朵夫。

葛拉齐亚写信的那天，克利斯朵夫正忙着排练以艾曼纽的一首诗为背景的合唱交响曲，葛拉齐亚和克利斯朵夫都很喜欢这首交响曲的主题，因为这是他们自己命运的象征：福地。克利斯朵夫经常向葛拉齐亚提起这件事，第一次演出在下周举行，她不能让他心烦。她在信中说她患了轻微的感冒,她觉得这不是什么大事,非要写进去太矫情了。她把信撕了,却没有力气再另写一封信了,她告诉自己晚上再写。但夜幕降临时,已经太晚了,叫他来已经太晚了,甚至写信也太晚了……生命消逝得何其迅速!

由于高兰德的轻率,乔治很长一段时间以来是知道葛拉齐亚在他老朋友心中的地位的。他甚至还取笑过它。但是现在,他深切地感受到了悲哀,他觉得他必须过去拥抱克利斯朵夫。

他按响了门铃,没人回答。他又按了一下门铃,敲了敲门,房间里发出了克利斯朵夫和他约定好的信号。他听到椅子移动的声音和缓慢沉重的脚步声。克利斯朵夫打开了门。他的脸是那么的平静,以至于当乔治要扑进他的怀里时,他愣住了。

他如此平静,甚至根本无须安慰。

过了些天,他重新出门与大家聚会,除了乔治,谁也想不到他在这些天里忍受着怎样的痛苦,他在高兰德家里弹了一个小时的琴,他自顾自地弹琴,根本不在乎客厅里的其他客人,可是当他停下按动琴键的手指时,他看到客厅中即使是最不懂音乐的人也难过至极,而那个一直拿音乐当作幌子的高兰德甚至因为他的琴声落了泪。

克利斯朵夫耸了耸肩膀,大笑起来。

在这期间,他创造了《平静的鸟》和《西比翁之梦》,这是他最完满的作品,也是他最痛苦的作品,这部作品将德意志的亲切和深奥、意大利的热情,还有法国的细腻和丰富的节奏融合在了一起。

他又回到了生活之中。

葛拉齐亚的女儿奥罗拉逐渐长大，她和乔治越来越熟悉，渐渐相爱，看着他们长大的克利斯朵夫也越来越老了。他抽空回去了一趟那个德国小镇，他的故乡，他没有告诉任何人，也没停留很久。因为克利斯朵夫已经找不到他熟悉的东西了。这个小镇已经变成了一座伟大的工业城市。老房子已经消失了，墓地也不见了，玩耍过的草地被河水淹没了，于莱的房子也不见了，取而代之的是高高的工厂烟囱。这个小镇里甚至还有一条街是以他的名字命名的，他走上去，发现街道两边的建筑是他全然陌生的。

他的过去已经死了，甚至连死亡本身都不在了。

克利斯朵夫回到了巴黎，他变得更加心平气和，甚至和他的敌人也握手言和了——在听说那个十分狡诈、刻毒的评论家的女儿夭折后，他意识到，这些痛苦才是无法超越的。

乔治和奥罗拉的婚期临近，克利斯朵夫的身体却越来越差，他坚持着参加了婚礼，目送这对青年离开之后，便病倒了。

他从漫长的昏睡中醒来，因为发烧和做梦，他变得昏昏沉沉，他觉得自己成了"另一个人"，比他自己还亲密的人，在他的梦中，另一个灵魂占有了他。奥里维？葛拉齐亚？他实在是太虚弱了，仅仅是活动活动大脑都让他筋疲力尽，所以他分不清那个占据了自己灵魂的到底是谁。

他沉浸在一种无可抗拒的幸福之中，一动不动，只知道悲伤埋伏在他身边，就像猫等着抓老鼠一样，房间里空无一人，钢琴寂静无声，周围蔓延着孤独、沉默的气氛，克利斯朵夫叹了口气：

"我的生命即将走到尽头了啊，没想到这么快便到了需要回顾一生的时刻。我感觉自己既孤独又幸福，我这一生有过爱情、有过亲情、有过友情，还有那一个个陌生人，他们有的痛击我、有的鼓励我——但是不管是谁，他们都曾在我的身边，让我变成现在这个样子。我仿佛是这个世界上最充实的人，这样的感觉并不源于我的身体，而是来自我的心灵。"

他向窗外望去，这是一个没有阳光的美丽日子，正如老巴尔扎克所说，就像一个美丽的盲女。克利斯朵夫全神贯注地凝视着长在窗前的一根树枝，树枝正在生长，潮湿的花蕾正在绽放，白色的小花正在盛开，那代表了春天的力量。他沉浸在生命的柔和光辉中，就像是一个吻，让他的心充满了爱，在他生命的最后时刻微笑着。

他耳边传来了许多乐队的声音，声音越来越嘈杂。这是我的曲子呀，他在心里这么想着，他们怎么会演奏我的曲子呢？克利斯朵夫挣扎着想要坐起身来，这是他的曲子，他要盯着点儿乐队，否则这些人总会给自己的曲子添油加醋。可是不管克利斯朵夫怎么用力，身体都无法挪动分毫，没办法，他只好与他们争辩，争辩又变成了吵嚷，他愤怒地咆哮，直到钟声在安静中响起。

窗户上的麻雀叽叽喳喳地叫着，提醒他给它们投喂早餐面包屑的时间到了。克利斯朵夫在梦中看到了他童年时居住的那间小屋，轻柔的空气中充满了可爱的声音，它们来自遥远的地方，来自那边的村庄……潺潺的河水声从房子后面传来，克利斯朵夫又一次站在那里从楼梯的窗户往下看。他的一生就像莱茵河一样在他眼前流淌，祖父、母亲、舅舅、奥里维、葛拉齐亚……

那些离开他的亲友现在又回到了他的身边，他们似乎坐在船上，他注视着风帆，看河水漫过堤岸，淹没了田野，帆船在八月缓慢前行，几乎静止不动，直到地平线的边缘。那银色的天际线上，大海正在咆哮。

他听到了熟悉的交响乐，那是他想要写下来的旋律，为什么有其他人奏响了它？

克利斯朵夫已经渡过了河，整晚都在逆流而上，他那巨大的四肢像岩石一样矗立在水面上，他的肩膀上扛着一个虚弱而沉重的孩子。克利斯朵夫斜靠在一棵被他拔起的松树上，松树弯曲了，他的背也弯了，那些看见他出发的人都发誓说，他永远不会成功。在很长一段时间里，他们的嘲笑声一直跟随着他，直到夜幕降临，他们的声音变得渺小，嘲笑声无法传到远远前行的克利斯朵夫的耳朵里。在激流的轰鸣声中，他只听到孩子的声音，他用小手抓住巨人前额上的一绺头发，喊道："向前！"

他弯着腰，两眼直直地望着前面那黑黢黢的河岸，高耸的峭壁开始闪着白光，天要亮了，他继续向前走去。

突然，祈祷的钟声响起，这是新的黎明！陡峭的黑色悬崖后面升起了金色的光，看不见的太阳升起来了，而此时的克利斯朵夫疲惫不堪，他终于到达了彼岸。

克利斯朵夫对孩子说："咱们终于到了，哎，孩子，你是谁？"

"我是即将到来的日子。"孩子说。